圈粉百萬的
故事法則

The
Storytelling
Code

10 Simple Rules To Shape
And Tell A Brilliant Story

唐娜·諾里斯 Dana Norris / 著

本書獻給我的先生。
他總是鼓勵我寫作、
幫助我找到可寫作的空間；
並且直到今天，
他仍舊覺得我的故事很有趣。

Contents

Part 1　Shape Your Story
想要被看見，你得先學會講一個好故事

作者序

誰都有能力說出
一個吸引人的好故事

　　小時候每到感恩節，我最喜歡的部分就是大家吃完飯，但還沒有開始洗碗的時候。這時候大家都吃飽了，開開心心地圍坐在桌旁開始說故事。我的阿姨會說她在美國空軍單位當護士時的顛簸飛行經驗，父親會說他在暴風雪中開車上路的故事，而奶奶也會說些她在農場裡長大的經歷。

　　在這大人們彼此分享的特殊時刻裡，我會盡一切努力留下來，安靜當個聽眾，將他們說的每個故事記在心裡。

　　長大之後，25歲的我在芝加哥做著有點無趣的工作，心中擁有無數個故事想要跟人訴說。我雖然持續寫作，卻從來沒有出版或演出我作品的計畫。有一天晚上，從另一個城市來拜訪我的好友慫恿我跟她一起去「尬詩擂台 ¹」。那一晚，我看著人們在現場觀眾面前讀出讓我沈迷不已的詩句，心中悸動不已。

---

¹ 編按：Poetry Slam，美國很風行的「原創詩作朗讀比賽」，詩人們依序上台朗讀或背誦自己的詩作，限時三分鐘，在每首詩結束後，評審們會當場給予0-10的分數，任何人都可以自由報名參加。後來朗讀詩漸漸演變成説故事，題材也越來越多元。

當晚有自由上台的時間讓人盡情發揮，但我卻對此感到畏縮，因為我不覺得我的故事好到足夠說給這麼多人聽。因此，我選擇待在台下當個聽眾，聽著旁人訴說他們在亞利桑那州的車子裡生活的故事。他們被房東踢出公寓，他們想要見母親最後一面……我看著他們的表演，發現這就是我可以讓我的故事傳遞給別人的一種方式。我只是必須有那個自信，在周圍有觀眾的情況下，在他們面前勇敢開口說話。

　　但是，我怎麼知道自己的故事是不是夠好，是不是合理？我怎麼知道我的故事是不是有人想聽？在餐桌前面對親戚說故事，跟在一群陌生人前面說故事，這可是完全不同的兩件事。

　　所以我必須要努力。自那晚開始，我開始投入心血學習「如何說一個好故事」。我從學術上研究故事架構、我進行過專業的口說訓練，後來還開始教授演說相關課程。我在美國西北大學獲得了非小說類創意文學碩士學位，參加了數百個說故事節目。我還建立了自己的工作坊「故事俱樂部（Story Club）」，人們可以在那裡分享自己的經驗，也可以聽別人說故事。

　　在本書中，我將說故事的所有知識精簡成10條基本法則。我鼓勵你將本書好好讀一遍，並且在你最需要的地方使用它，好幫助你說出好故事。

　　例如，在15年前那個關鍵的夜晚，如果我能從「圈粉法則6：先感動人心，才能引發共鳴」中汲取勇氣，也許我就會勇敢

上台了。如果你想先瞭解如何使用情節，打造一個引人入勝的故事，那麼請閱讀「圈粉法則2：善用情節曲線創造故事靈魂」，或者你有興趣學習如何根據特定觀眾來量身打造故事，那麼趕緊翻到「圈粉法則8：瞭解你的觀眾想聽什麼」。這本書包含所有「如何說出一個好故事」的精彩內容，而且遠遠不止如此。

閱讀本書時，請你一定要記住一件事：說故事不僅可以娛樂大眾，也可以應用在日常生活之中。因為每一天，你都需要說故事。

你可能會在一場商務會議中發現，用說故事的手法來表達，更可以讓你強調出你想要凸顯的重點；或是在一場慈善活動中，你可以藉由一個好故事來說服人們積極參與。不論你是需要說故事給客戶、給老闆、給朋友或是給任何一個陌生人聽，這本書都能幫助你創造出一個適合的故事。

最後你會發現，沒錯，你真的可以說出好故事！是的，你可以，也應該把你的故事好好說出來。

唐娜・諾里斯

每個人都有自己的故事。無論哪一天,我們
每個人都可能會經歷到愉快、恐懼、熱鬧或
悲傷的時刻,而我們所有人也都能夠將這些
個人經驗以一種吸引人的方式傳達給別人。
相信我,你可以的。

Part 1
Shape Your Story

想要被看見，
你得先學會
講一個好故事

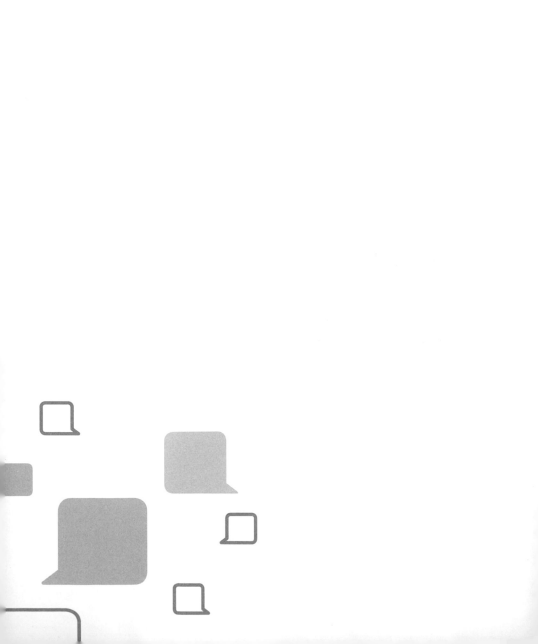

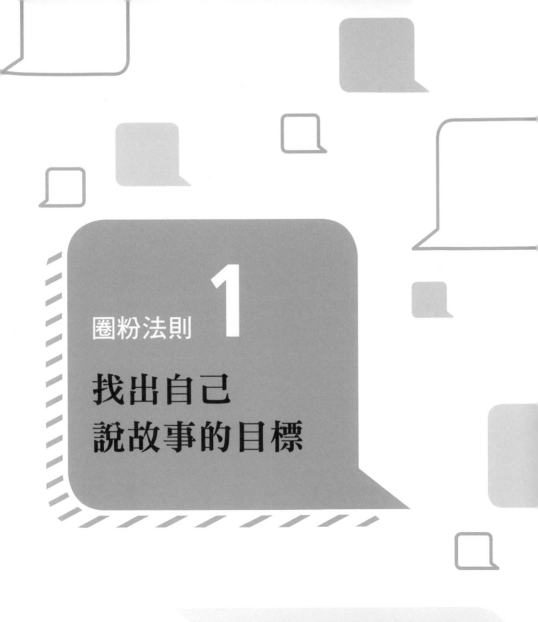

圈粉法則 **1**

找出自己
說故事的目標

建立目標十分重要，如果你不知道自己為
什麼要說故事，你的聽眾當然也不會知道
為什麼他們要聽你說話。

Make Your Point

◾ 每個人都有想要說的故事

在許多情況下，你都會需要說故事，像是見到新朋友、參加商業演說，或是在各種特殊場合上台演講。

例如，想像自己要在一場婚禮上致辭。

你很緊張，腳下不停地打著拍子。端著各式小點心的服務生在你身旁穿梭，你卻沒有伸手拿下任何一盤，因為你緊張到完全吃不下。當你的朋友邀請你在他的婚宴上致辭時，你當場答應了下來，但你現在卻非常後悔承諾這件事。你到底該怎麼做，才能讓自己在台上說話時不尷尬？

或者，你現在孤零零地待在會議室裡。

你正在努力搞定電腦，因為再過不久，你的上司和其他主管就要來開會，而你必須跟他們解釋為什麼計畫不能按預訂時間完成。你要怎麼開這個口呢？

你剛剛為什麼會覺得報名「開放麥克風²」是個好主意？但你就是去報名了，而你現在正一邊喝著飲料、一邊看著一個接一個的人上台表演，但台下那些觀眾的目光卻幾乎沒有從手機畫面移到台上過。你要怎麼做，才能讓這個空間的人好好聽你

---

² 編按：Open Mic，一個人即興在舞台上拿著麥克風講笑話和故事的表演形式，通常會在一些喜劇俱樂部、酒吧或小劇場進行演出，是脫口秀演員發表新作品和新人鍛鍊口才的絕佳機會。

說話？

　　已經過了約定好的時間7分鐘，但你還坐在一張很不舒服的椅子上，等著立法委員跟你見面。有個法案即將要進行投票，而那個法案是否能夠通過，對你的社區和家人來說很重要，但立法委員卻對這個法案持反對意見。他只給你10分鐘的時間，你要怎麼說服他投贊成票？

　　你準備好要跟心儀已久的女孩進行第一次約會，你嘴角帶笑，想起你在網路上真是一個撩妹高手。你真的好喜歡這個女孩，但你怕實際見面時沒話聊，甚至是無話可說。你要怎麼做，才能擁有無論如何都有話聊的自信？

　　想像你正要面試一份你十分有興趣的工作。當你穿上你一陣子沒穿的套裝、看著鏡子裡的自己，卻不知道自己要怎麼解釋有段時間沒工作的原因。你要怎樣才能誠實說出這段經歷，又不會讓自己得不到這份工作？

　　如果上述這些情況讓你心懷恐懼，別擔心，別人也是如此。在我們面臨必須快速傳遞重要訊息的情況下，每個人都會感到害怕。更糟糕的是，人們在聽我們說話的時候，不一定會站在我們這邊，這簡直就是一場惡夢。在每種情境下，給你的反應時間都不會太長，但解決方式也很簡單，那就是：說一個好故事。

其實，我們每天都在說故事。

想要簡潔有力地將資訊傳遞給他人，讓內容具有吸引力並且獨一無二，最棒的方法就是「說一個好故事」。但你怎麼知道自己會不會說故事呢？以及你該說個什麼樣的故事，又要怎麼開頭呢？

第一步，深呼吸。「說故事」聽起來好像很恐怖，但事實上你早就會了，因為你每天都在做這件事。例如，許久未見的朋友問你：「最近過得怎麼樣？」你的回答，就是一則故事；你的鄰居問你：「你這週末過得如何？」你的回答，也是一則故事；你的同事問你：「你的車子怎麼啦？」你的回答，就是一個故事的開頭。

你只是還不知道，其實你已經擁有了創造和說出好故事的必要工具。

■ 為什麼要說這個故事？

在你深呼吸，並且相信自己真的可以說故事之後，下一步就是瞭解你需要溝通的內容是什麼。在你創作故事之前，你需要先建立自己的目標。

目標十分重要，如果你不知道自己為什麼要說故事，你的聽眾當然也不會知道他們為什麼要聽你說話。我們所有人都遇過一種狀況，有一個人剛開始聊到他的旅行經歷，之後卻說到雜貨店和他家的狗生了什麼病。

這種情況讓人有點混亂，你不確定她除了「我正在說話」、「聽我說話」之外，究竟想要表達什麼？

雖然聽起來有點違反常理，但請在開始創作故事之前，先想好結尾。這裡說的「結尾」不是「故事的結尾」，而是你想要故事為聽眾帶來什麼樣的影響。當你說完故事之後，你想要聽眾獲得什麼？你希望這個故事帶來什麼結果？

決定你的目標不僅能幫助你的聽眾，也幫助你決定故事的內容。你可以加進故事的細節有很多，但哪些才能彰顯出你說這則故事的目的？

有多少故事，就會有多少目標，但你不需要整理你全部的故事才能找到最適合你的那一個。你只需要專心找出在這個特定情況下，你想要傳達出的最重要資訊就可以了。

讓我們回到先前的例子。

在婚禮上發表談話時，你的目標可能是：

✓ 讓聽眾覺得你有趣。
✓ 讓聽眾專心聽你說話。
✓ 稍微取笑你的朋友。
✓ 展現你對朋友的愛。
✓ 展現你在演講上的純熟技巧。

在工作上，你的目標可能是：

✓ 讓上司知道這個計畫已超出原有的規模，需要投注更多資源與人力。

✓ 讓上司責備原本的企劃負責人，因為他沒有為這個計畫分配足夠的時間。

✓ 展示你有多努力工作以及你已完成的進度。

在舞台上表演時，你的目標可能是：

✓ 吸引觀眾。

✓ 讓人捧腹大笑。

✓ 讓聽眾記得你，並在社群媒體上追踪你。

✓ 讓主持人邀請你作為常駐嘉賓回來表演。

在立法委員辦公室時，你的目標可能是：

✓ 說服委員為法案投贊成票。

✓ 表明不投贊成票會引發的負面後果。

✓ 讓委員記住你，願意為你關注的事業進行募款活動。

在約會時，你的目標可能是：

✓ 讓對方墜入愛河。

✓ 讓對方感覺輕鬆愉快。

✓ 向對方展現你的特質。

✓ 釐清自己是否想要更進一步交往。

在面試時，你的目標可能是：

✓ 表現出你職涯出現空窗期是因為需要進修，好更有資格擔任這個職位。

✓ 展示過往相似工作經驗的成果。

✓ 判斷你是否想要在這間公司任職。

決定需要達成的結果是什麼，讓它成為說故事的唯一目標。

不論在任何情況下，你都會想要一口氣達成多項目標。但為了說出好故事，就必須決定哪一項目標對你而言最重要。如果你只能完成一件事的話，你會完成哪一件？舉例來說，你覺得在婚宴舞台上揶揄你的朋友比較重要，還是讓大家知道你們的交情有多好比較重要？

根據我們一般人對喜宴的認知，答案應該是「兩個都重要」，但你回想一下過去你曾參加過的婚禮，那些台上的演講，為什麼總是令人感到尷尬癌發作？這正是因為講者都沒有單一、清楚的目標。他們可能想要表達的太多，也許他們想要試著既搞笑又感性，但要試著把這兩點都做到，演講只會變得不倫不類。

我曾聽過一場婚禮中，新郎的好友在台上提到：「兄弟，我不知道她怎麼能跟你繼續約會下去，你的腳那麼臭，更別說還有口臭了。不過你是我最好的兄弟，我愛你，我替你感到十

分高興！」聽完這段話之後，你會覺得莫名其妙，因為你不但會對新郎和說這段話的人留下不好的印象，這段話也沒有傳遞出任何重點。

以下讓我們看看，只有「一個重點」的婚禮致辭會是什麼樣子。雖然你想表達的事可能不止一件，但請決定哪件事最重要，讓這件事成為你故事中的唯一主旨。如果你決定你的目標在於「讓你朋友知道你有多愛他」，那麼婚禮致辭就會像是以下這樣：

「我第一次在大學見到馬克的時候，還是個大二轉學生，那時我幾乎沒有任何朋友。有一天我看到一張電影社的試演傳單，我就興沖沖地跑去參加了。每個去試演的人都表現得非常爛，我不想要跟他們中的任何一個做朋友。不過後來輪到馬克，而他演得還不錯。於是我主動對他說了一句：『演得很好』，這就開始了我們的友誼。有趣的是，我們並沒有刻意要成為彼此的好友，平常我就是到馬克的房間晃晃、打電動，而就是這樣讓我們熟了起來。馬克總是讓我感覺十分自在，我也很高興他找到一個可以相處一輩子的人。我知道黛博拉讓他感到十分有安全感而且安心，我為你們兩位感到十分高興。恭喜你們！」

你在婚禮上會想要說的致辭會是哪一種？你想聽到的致辭又是哪一種呢？

Try it！

瞭解你的目標

現在你知道為什麼目標如此重要了，那麼讓我們來找出有哪些「說故事的目標」吧！

下頁的表格包含了五種你可能需要「說故事」的場合。我提供了「情境」和「聽眾」，但為每種場合列出一些適合的目標就是你的功課了。請練習用這種方式思考：如果是你的話，你會想達成哪些目標？

在你列出一些可能的目標之後，決定這些目標中哪一個對你來說最重要、哪一個最能突顯出你的重點？哪一個能推動聽眾做出你想要他們完成的行動？哪一個最能激發你創作出一個引人入勝的故事，讓每個聽到它的人都著迷不已？

情境	你的聽眾是誰？	你的聽眾對你的認識程度？
醫院 你需要跟醫生解釋，為什麼想要停藥並希望進行手術。	一個時間不多的醫生，想要離開診間為另一個病患看診。	你久病不癒，而且已經來看診多次。
葬禮 你必須在叔叔的葬禮上致辭。	家人。	你是他最疼愛的姪子之一。
公司 你正在做一個簡報，列出如何改善不良的企業文化。	公司的高階主管。	
公開演講 你投入這一屆的里長競選活動，正在跟你的選民說明為什麼要投票給你。	街坊鄰里。	
婚禮 你正參加姐姐的婚禮，很害怕回答那些「最近過得怎麼樣」和「你有沒有男朋友」這類煩人問題。	好意但緊迫盯人的親戚。	

你想要達成什麼樣的結果?	你要怎麼表達才能達成結果?	聽眾抱持著什麼心態?	你要如何改變這種心態?
讓醫生同意進行手術。	藥物的缺點以及你沒有意願繼續服藥。	不置可否。	展現出這個藥物如何危害你的健康,以及你為手術的準備程度。
讓大家更瞭解這個命運多舛的男人。	描述他的困境並展現出他的不屈不撓。	十分悲傷。	展現出他如何努力克服困境。

找出你說故事的目標

☐ 想想看，在你的日常生活中，有哪些適合說故事的情境？這些情境的內容是什麼？是發生在工作場合中、家裡還是你的社交生活中？

☐ 在一個情境中，定義出你的聽眾。你要說故事給誰聽？他們想要聽你說話嗎？或是他們心不在焉？

☐ 在你說故事時，列出你可能會有哪些目標。包括你想要用故事達成的目標有哪些。目標的訂立要明確，例如不要寫下模稜兩可的「我做得很好」，而是要確切寫下「向他們證明我能夠自己做出這個決定」。接下來，找出對你來說最重要的「單一」目標，以及為什麼這個目標比其他目標更重要？

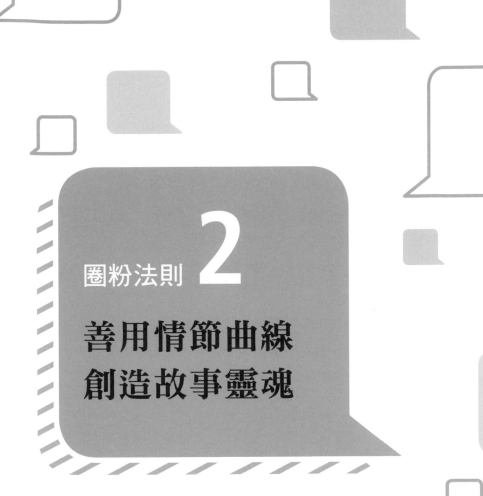

圈粉法則 **2**

善用情節曲線
創造故事靈魂

每則故事,不論是電影、電視節目、雜誌
文章、小說或是戲劇,都擁有一模一樣的
架構,這個架構就是「情節曲線」。

Use Plot

🔲 舉目皆故事

　　每個人都有自己的故事。無論哪一天，我們每個人都可能會經歷到愉快、恐懼、熱鬧或悲傷的時刻，而我們所有人也都能夠將這些個人經驗以一種吸引人的方式傳達給別人。你現在也許覺得自己辦不到，但相信我，你可以的。

　　在**圈粉法則**1中，我們提到了如何「確定故事目標」。現在，我們可以深入思考並瞭解如何訂立目標與主題，當然，還有如何能讓故事說得引人入勝。

　　就好的一面來說，我們的大腦會自動將說出來的內容連結起來。因為我們天生就喜歡故事，所以每天都在不知不覺中對自己說故事。舉個例子，你現在上班要遲到了，為了趕上捷運你正奮力奔跑著。就在你剛剛跑到月台邊的時後，車門在你面前緩緩關上，你只能站在原地目送捷運離去。

　　現在，你可以用幾種不同的方式來看待這個事件。你可能會告訴自己，這只不過是一個發生在自己身上的倒楣事罷了。但是，其實你也可以這麼想：一定是來自宇宙的聲音在告訴你，你真的該休息了，你應該好好放一天假。

　　在每則故事裡，事件（沒趕上捷運）都沒有改變。但是事件本身並不會成為一則故事。只有在加入我們本身對這個事件的觀感，以及我們對自己和他人詮釋的方式之後，單純的事件才會形成故事。

漂亮的情節曲線

故事為什麼會吸引人？故事本身有什麼特質才能夠吸引我們想去聽呢？

事實上，每則故事，不論是電影、電視節目、雜誌文章、小說或是戲劇，都擁有一模一樣的架構。也許你心裡會大叫：「怎麼可能！」但它確實如此。當你深入故事核心時，你會發現歸根究柢，每一則童話都以完全相同的方式呈現。所有的故事都會有個架構，這個架構稱為「情節曲線」。瞭解情節曲線，就是瞭解如何將你的「個人經歷」轉化為「別人無法拒絕聆聽」的重要關鍵。

下一頁是情節曲線看起來的樣子。你也許會問：「這不就是個曲線而已嗎？」沒錯，它就是個曲線，同時也是能讓人驚豔的故事走向。

**情節曲線
是世界上每則故事的骨幹。**

我可以用一些看起來很厲害的文學術語，像是：引發事件、停滯、解釋、劇情鋪陳、高潮或收尾，但其中的概念卻十分簡單。簡單來說，情節曲線就是一個問題以及發生問題之後的解決方案。為了要從問題順利過渡到解決方案，情節曲線會經過以下幾點：

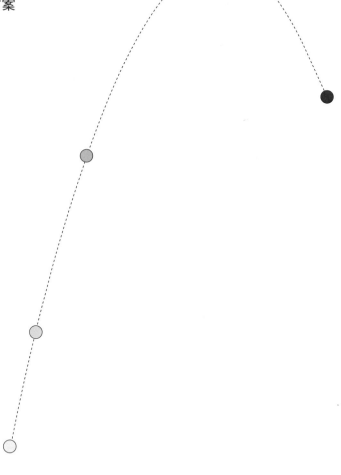

○ 故事開頭
◐ 問題介入
◑ 錯誤嘗試
● 解決方案
● 結尾

○ **故事開頭**。這是我們設定背景的地方。故事開頭通常是常態性的設定，也是一切開始的地方（例如：你剛轉學到一家新學校。）

◔ **問題介入**。問題發生了，我們必須動手尋找解決方案（例如：你沒有任何朋友，一個人孤零零的。）

◑ **錯誤嘗試**。試過一種或多種解決方案，都無法成功解決問題（例如：你參加了一場即興表演的試鏡，想要認識新朋友，卻發現自己不想要與那裡的任何人成為朋友。）

◕ **解決方案**。這是問題終於獲得解決的一刻（例如：你看了馬克的試鏡，覺得他表演得很好，於是跟他聊了一會兒，你們順利變成朋友。）

● **結尾**。找到真正的解決方案，故事也確定了結尾（例如：這是你和馬克如何成為朋友的故事，而直到今日你們仍然是好朋友。）

　　情節曲線幾乎能呈現出地球上的任何一則故事。不相信嗎？接下來，我會用三則故事分析各自的情節曲線，分別是莎士比亞經典劇作《羅密歐與茱麗葉》、人氣電影《星際大戰》，以及幾乎無人不知的迪士尼動畫《獅子王》。

　　情節曲線圖的橫軸是時間，縱軸是劇情張力，隨著時間的推移，每個故事都一定會經過故事開頭、問題介入、解決問題的錯誤嘗試、解決方案以及結尾。

羅密歐與茱麗葉

劇情張力 (y-axis)

時間 (x-axis)

解決方案：
他們兩人都因為悲劇性的誤會而死。

結尾：
雙方都蒙受了損失，從此以後兩個家族不再是死敵。

錯誤嘗試：
羅密歐和茱麗葉試著在一起，許多人因此而死。羅密歐被逐出家族而茱麗葉決定假死。

問題介入：
他們的孩子羅密歐和茱麗葉相識並墜入愛河。

故事開頭：
卡帕萊和蒙特鳩家族彼此憎恨。

星際大戰

劇情張力（縱軸）

時間（橫軸）

解決方案：
路克用原力把死星炸毀。

結尾：
皆大歡喜的授獎典禮。

錯誤嘗試：
路克解救了公主，帝國軍非常生氣，所以下令死星瞄準反抗軍。

問題介入：
路克從一位冷淡的公主手中買到一個包含祕密訊息的機器人，而這位公主需要他的幫助。

故事開頭：
天行者路克對農場的生活感到厭倦。

RULES

1
2
3
4
5
6
7
8
9
10

獅子王

劇情張力 ↑ (縱軸)

時間 → (橫軸)

解決方案：
辛巴回去，從刀疤那裡奪回了王位。

結尾：
辛巴成為獅子王。

錯誤嘗試：
獅子王木法沙對刀疤釋出善意，但刀疤殺了他，還陷害辛巴。辛巴逃跑藏了起來。娜娜試著勸他回來，但他不想回去，直到辛巴父親的靈魂說服了他。

問題介入：
辛巴的叔叔刀疤也想成為國王。

故事開頭：
辛巴等不及要成為獅子王。

▣ 練習安排衝突情節

故事的基本要素是「發生問題」以及「找出解決方案」。如果你有問題但不在乎是否能解決，那麼就不會有故事的產生。在一則故事裡，你必須想要「某件東西」，這件東西可以是你正在找的某樣東西、或是一個可以獲得幫助的方法，或是你需要離開一個你不想要待的地方。你想要找到解決辦法、然後經歷失敗，最後才終於發現消除障礙的路。

在你找到解決方法之後，真正將問題解決了，最後就可以結束故事。

**故事需要衝突情節，
故事需要有問題發生。**

現在你知道如何為你最愛的電影畫出情節曲線了，但這又與你的婚禮致辭、你的演說或是你的商業簡報有什麼關係呢？

道理很簡單，這個架構不止適用於戲劇和電影，還能應用在真實生活當中，像是商務會議、面試甚至是第一次約會上。當你瞭解情節曲線的基本概念，你就知道如何抓住別人的注意力。前面提到的那個例子，「你上班快遲到了，但沒有趕上捷運」，這並不是一個能吸引人的故事。因為，好故事需要有衝突情節，需要有問題發生。

以下我會舉出一些真實生活中的例子，好讓你瞭解如何使

用情節曲線說故事。在這裡，我們使用的是在**圈粉法則1**中使用過的情境。

> 情境 A
>
> 你正在發表一個進度落後的簡報。

○ **故事開頭**：我們會開始執行這個計畫的原因，是我們看到了市場需求。

◐ **問題介入**：需求比我們預期要來得大。

◑ **錯誤嘗試**：在努力照原有的時間表進行時，我們發現我們忽略掉一份重要數據。

● **解決方案**：我們需要延長工作時程，並多招募一些員工以完成此計畫。

● **結尾**：我們重新擬定了工作表，現在我們知道該怎麼做。

> 情境 B
>
> 在喜劇俱樂部裡的自由上台時間，你希望台下的觀眾不再低頭看手機並記住你的名字。

○ **故事開頭**：我剛跟男友分手，第一次自己一個人住。有一天我想清清瓦斯爐後面那塊地方。

◐ **問題介入**：我把爐子移開，但不小心把瓦斯管扯斷了，激起

的火花引發了火災。

● **錯誤嘗試**：我想用滅火器滅火，但中途停了下來，因為我不知道這能不能阻止瓦斯漏氣，於是我打了119，然後通知鄰居房子著火了，要他們趕快離開。

● **解決方案**：消防隊來了並迅速把火撲滅，然後告訴我要怎麼關瓦斯。

● **結尾**：從此以後我再也不敢隨便移動瓦斯爐了。

情境 C
我與立法委員交涉，想要他投下贊成票。

○ **故事開頭**：我是孩子的家長，我每次都把票投給你。

○ **問題介入**：我的兒子在2004年被診斷出罕見疾病。

● **錯誤嘗試**：唯一可以治療他疾病的藥，價格卻十分昂貴，除非通過特別補助金的法案，我們才能夠負擔醫藥費。

● **解決方案**：支持這個法案，我的兒子和其他有相同疾病的孩子才能繼續過正常的生活。

● **結尾**：我有希望獲得你的支持嗎？

RULES

1
2
3
4
5
6
7
8
9
10

Rule 2 善用情節曲線創造故事靈魂 037

> 情境 D
>
> 我正在面試一份新工作。

- ○ **故事開頭**：我從大學畢業後拿到的第一份工作跟會計有關。

- ◐ **問題介入**：在經濟不景氣的時候我被解雇了，無法繼續支付保姆費。

- ◑ **錯誤嘗試**：我留在家中帶小孩，但發現自己還是需要工作上的挑戰，並感受大家一起努力工作的氛圍。

- ● **解決方案**：我另外去進修一些能在這個工作領域獲得專業知識的課程。

- ● **結尾**：我現在比起剛離職時更有能力勝任這個職位。

　　最後我要提醒大家，但你也許已經注意到了。在獲得解決方案後，情節曲線就會急遽地下降，為什麼呢？這是因為「問題」是故事的引擎，一旦問題解決了，引擎也就沒燃料了。觀眾對你故事感興趣的張力，在你找到解決方案時就會消失，因此你必須讓你的故事盡快走向尾聲。如此一來，觀眾就不會對你的故事感到不耐煩，也不會偏離原來的目標。

📖 五種典型的故事架構

　　雖然情節曲線是故事的骨幹，但還有許多方式可以賦予故

事血肉。以下是五種你在創造自己的故事時，可以使用的故事架構。

❶ 白手起家型：這類故事將展現你創造出某種新事物的歷程，最適合使用在商業談判場合。在你需要對潛在投資人介紹你的產品時，最推薦使用此故事類型。

- 範例：你想到了一個很棒的創業點子，所以你需要一筆創業資金，但你現在手上一點錢也沒有，沒辦法自行創業。雖然你試了很多次，但沒有人願意投資你。就在你想要放棄的時候，一位天使投資人突然出現，為你提供你所需要的資金，而如今這家公司仍在不斷發展壯大。

❷ 逆轉勝型：故事一開始，你是個不被看好的弱者，雖然困難重重但你仍然努力不懈，最後獲得成功。這是一個可以用來向面試官展示你如何克服逆境或挑戰的故事架構。

- 範例：你想要讀大學但無法負擔大學學費，你申請了每一個你能找到的獎學金，卻沒有一個通過。你不放棄成為大學生的夢想，後來選擇進入夜間部就讀，在全職工作的時間外選修課程。最終你重新申請獎助學金，並獲得了剩餘課程的全額補助，高分從學校畢業。

❸ 砍掉重練型：這類故事可以表現出你原本噩運連連卻堅持不懈的精神，是展示個人成長和發展的好方法。

- 範例：妳正與男朋友穩定交往中，但有一天他卻無預警地

說要跟妳分手。妳積極尋找新對象，但第一次約會卻以哭泣收場。妳嘗試使用網路交友，但隨著與越來越多沒感覺的人見面，妳漸漸失去了繼續嘗試下去的勇氣。在一次與人外出約會時，妳的約會對象跟妳說：「妳看起來真的很不快樂，為什麼要出來約會呢？」在那一刻，妳知道妳不是真正想要約會，妳只是需要時間修復失戀的傷口，然後專心做一件自己喜歡做的事。於是妳刪除了約會App，去報名了妳一直想要上的畫畫課。

❹ 打倒怪獸型：這類故事可以展現出你如何透過自己的毅力去克服超出自己能力範圍的難題，這個類型能夠向別人展示你擁有解決問題的卓越能力，畢竟這類故事中你的處境艱難、風險很高，要實現目標就必須克服障礙。

- 範例：要開始一份新工作了，你感到很興奮。然而即使你盡了最大的努力，你的新主管仍舊冷酷無情，對你手中的工作諸多批評。你工作的時間比以前還長，而且還負責更多的案子，但你的主管對你的不滿卻越來越多。他開始在同事們的面前貶低你，而同事開始不邀請你參加下班後的活動。有一天，在公司的大型會議上，你的主管指出你犯的一個錯誤，但這個錯明明是他自己犯的。你站起來說他說錯了，而且在會議後立即向全公司提出主管犯錯的證明。最後你的主管下台，同事們也開始邀請你一起吃飯了。

❺ 任務型：這類故事是你積極尋找某樣你需要的特定物品，藉此展現你的熱情和努力。你可以在尋求新工作、找一個固定

交往的對象、或是說服主管把工作交給你時，說一個這種架構的故事。

- 範例：你想要加入高中籃球校隊，但是你第一輪就被淘汰了。當你問教練什麼地方是你可以改進的時候，教練說：「每個地方都需要改進」。於是你加入了一個籃球營，每天晚上努力練習。在你發奮努力過後，教練只願意提供你一個預備球隊中的名額，而你不願意接受，發瘋似地奪門而出，決定要就此放棄籃球。當你的叔叔問你甄選的情況時，你告訴他你再也不想打籃球了。他偷偷告訴你，他自己也嘗試了好多次才獲准加入校隊，而不參加預備隊就沒有機會提升自己的程度。於是你跟教練道歉、加入預備隊，並在隔年順利成為了校隊選手。

■ 先有固定模式，再打破固定模式

我們的大腦總是不斷地尋找固定模式，因為「固定模式」能讓我們在混亂的世界中找到一定的規則，會讓我們感到愉快。在說故事的內容中，固定模式就是一個「會發生兩次以上的事件」，最適合放在故事的「錯誤嘗試」這個部分。觀眾喜歡固定模式，因為它們會指引整個故事的走向。

另一方面，我們之所以喜歡固定模式，是因為我們喜歡自己能夠預測接下來會發生什麼事情的感覺，但若是這種固定模式被破壞了，我們還是會喜歡它，因為這樣帶給我們的驚喜更

大。雖然固定模式是與觀眾建立信任的好方法，但打破模式也能為觀眾帶來驚訝和喜悅。在喜劇裡，這就是著名的「三一律」：把事情做兩次之後，在第三次時打破固定模式，以獲得最大的「笑果」。

舉例來說，你正在說一個故事，內容是你如何試著鼓起勇氣，要約一位你心儀已久的咖啡廳服務生出門約會。第一天嘗試時，你點了杯咖啡，然後問她今天過得怎麼樣，她回答：「糟透了」。這句話讓你失去勇氣，沒有開口約她就離開了。第二天，你又買了咖啡，然後開口問她今天有沒有過得好一點，她回答：「沒有」。你結結巴巴地試圖回話，反而把咖啡翻倒在櫃台上，於是又一次沒開口約她出去就離開了。第三天，你買了咖啡然後問她今天過得如何，她主動說：「你要不要找一天跟我出去約會？」

固定模式會讓人感到滿足的原因，在於第一次發生時會讓我們知道下一次該期待發生些什麼；而第二次發生時，會讓我們的期待值上升，第三次則反轉了之前的模式。

你在故事中每次重覆模式，就會將期待提高一層。張力需要靠重覆來累積，否則就會因為可預測性太高而使得觀眾昏昏欲睡。固定模式在重覆時應該要在速度、強度、後果或風險上逐漸升級，直到被打破，完成它的使命為止。

◆ 打破固定模式的五種方法

❶ 隱晦地

打破模式不一定得要驚天動地。你可以在不引人注意的情況下，在故事中穿插固定模式。當你最後打破這個模式時，即使你沒有明確指出先前鋪設的橋段，你的目的也已經達成了。

❷ 突然地

這是要以驚天動地的手法來打破固有模式，讓你可以馬上獲得觀眾的注意力。例如：你開車到便利商店買東西，到家才發現自己忘了買牛奶，於是回頭去買；在你再次踏上回家的路程時，你發現自己又忘了買麵包，於是只好再次回頭…之後卻在停車場發生車禍。

❸ 幽默地

若要以幽默打破固定模式，你必須讓觀眾大吃一驚。例如當你的故事提到你伸手去拿包包裡的蘋果，若要幽默地打破固有模式，拿出來的東西就要非常荒謬，像是拿出一隻雞這一類的東西。

❹ 悲劇性地

戲劇性的故事中經常使用悲劇性的「暫停」手法。例如：你的母親每天準時下午三點會撥電話給你，但在她過世的那天，你的電話竟然也在下午三點準時響起，你接起電話時心跳加速，結果這通電話是來自一家銀行，詢問你要不要貸款。

❺ 呼應地

這是當你的故事在之前就已經設定好固定模式,但直到結尾才打破模式,用來呼應你先前的設定。

🖥 讓情節跌宕,抓住聽眾的心不放

接下來我要介紹另外兩個可以加入情節的要素:「時間」和「劇情張力」。故事固然可以按照時間順序進行,但不一定總是如此。在創立故事時,你可以從故事的中間開始說起:「我身在森林中,完全迷失了方向。」——然後就立刻跳到故事開頭:「三天前,我正在飛往科羅拉多州的飛機上。」當故事繼續往下進行時,劇情張力就越來越高。

假設你正在說一個故事,開頭是:「我遲到了,正要趕捷運。」聽眾就會想要知道你究竟趕上了沒。你可以利用聽眾被挑起的注意力,逐步增加他們對故事的興趣,並展現出趕上捷運為何如此重要,例如:因為你之前也遲到過、老闆已經警告過你、你的工作快要不保了……等等。現在聽眾已經更投入於故事中,他們必須知道接下來會發生什麼事。

在你開始創造自己的故事時,請記住情節曲線是你故事的基本架構,而時間、衝突、劇情張力和固定模式等要素,能夠幫助你在基本架構上建立起更讓人想聽下去的內容。

Try it !

標注情節曲線

　　以下是我們在第39頁討論過的五種故事架構，請使用這五種架構各寫出一則故事。

❶ 白手起家型

❷ 逆轉勝型

❸ 砍掉重練型

❹ 打倒怪獸型

❺ 任務型

為你的每一個故事找出開頭、問題介入、錯誤嘗試、解決
方案和結尾。

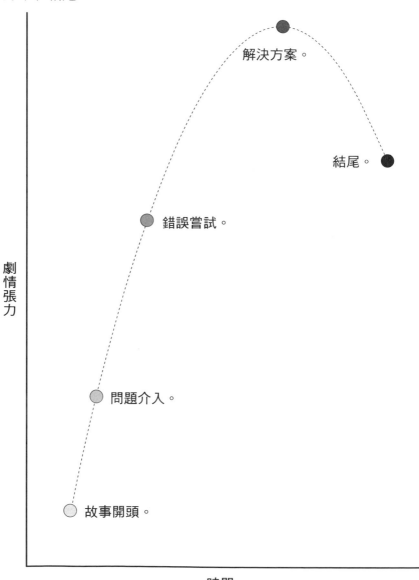

Practice
解析情節曲線

☐ 想想你最近看過的書或電視劇，它們的開頭是什麼？一般來說，正常狀況下其劇情會如何發展？

☐ 其中的問題是什麼？問題是在什麼時候發生的？

☐ 主角如何試著解決上述問題？最終的解決方案以及故事的結尾是什麼？

☐ 在下一頁的圖表上寫下情節曲線的細節。

劇情張力

解決方案。

結尾。

錯誤嘗試。

問題介入。

故事開頭。

時間

圈粉法則 **3**

收集最棒的
故事素材

幾乎沒有人能夠不經思考,就可以寫出一
則精妙有趣的故事。如果想讓你的故事達
到你原本設定的目標,就必須經過縝密而
全面的思考。

Gather Your Best Material

■ 故事的內容沒有界限

現在你已經學會如何決定故事的目標以及怎麼使用情節來塑造故事，接下來就來到有趣的部分，也就是真正開始創造故事的內容。

這個步驟令人膽戰心驚，因為世界上存在著無數的故事，而每個故事又有數不盡的講述方式。哪一種說故事方式才是對的？你怎麼知道自己創造的故事是不是好故事？

只要傳達出想要傳達的訊息，
不論你怎麼說故事都是對的。

身為年輕的作家，我一直都絞盡腦汁想要找到說一個故事的完美方法。我知道當我坐下來寫作時，寫出來的東西跟當天的心情、坐下來寫的時間、我剛讀完的文章甚至和地球的傾斜角度都有關。事實上，故事如此多變，每一種都有可能出錯，若是故事風格一直在變化，我又怎麼能成為一位真正的故事高手？因此，我學會了以下兩個重點：

重點一：只要達到原本設定的目標，那麼你怎麼說故事都是對的。

重點二：在判斷這個故事是否能達成你的目標之前，你就必須創造出這個故事。

當我在說故事講堂授課時，在第一學期，我發現學生總是

專注於他們的故事到底是好是壞。雖然我能理解他們為什麼會這麼想，但擔心「故事的好壞」其實對寫故事一點幫助也沒有，因為故事的好壞十分主觀。沒有人能決定故事是好是壞，我們唯一可以判斷故事好壞的依據，就是它是否達成我們賦予這則故事的目標。

想一想你的目標是什麼（也就是我們在**圈粉法則1**中說明過的），然後問自己：「我的故事達成這個目標了嗎？」如果是的話，那麼這就是一則成功的故事；如果不是，則需要再加以修改。

如同我之前說過的，我們都是天生的說故事高手。但我們會用故事思考，並不代表我們有能力提出一個可以實現其目標的好故事。「創造」出一則故事，是說故事的過程中最困難的一步。許多人卡在這一步很多年，但要一個好故事在世界上誕生，就不能跳過「主動創造故事」的步驟。

幾乎沒有人能夠不經思考，就可以寫出一則精妙有趣的故事。如果想讓你的故事達到你原本設定的目標，就必須經過縝密而全面的思考。

■ 從生活中尋找故事的材料

你已經有了想要達成的目標，而且也準備好要寫下或說出故事。但故事的內容應該是什麼？我認為，你想要說給別人聽的話，就是你應該講的故事。下面我會提出十個你可以用來創

造故事的提示。在你瀏覽的同時，可以依據各種提示立即連結到一些故事的絕佳點子。我強烈建議你跟著自己的感覺走，將出現在你腦中的第一個點子記下來，因為這個故事就是你最想講的那一個。請將重心放在你最想要分享的那則故事上。

你自己覺得有趣的故事，
別人也會覺得有趣。

仔細看過下列故事提示，然後擇一進行。

◆ 10 個故事提示

❶ 當你犯錯的時候。

❷ 當你應該說些什麼，但沒有說出口的時候。

❸ 一個你在當時並不瞭解其意義的時刻。

❹ 一個家族傳統。

❺ 一切都開始改變的時刻。

❻ 你決定退出的時刻。

❼ 一段困難的談話。

❽ 當你用盡所有力氣，卻始終無法成功時。

❾ 某件事第一次發生時。

❿ 某件事最後一次發生時。

這些提示有什麼共同點呢？共同點在於它們都隱含衝突。而這是有原因的，因為包含逆境的故事才更容易描寫和鋪陳。奮力反抗的故事已經包含情節曲線中最基本的概念——「發生

問題」，這會使聽眾不自覺地產生興趣。

如果故事內容一帆風順，你每天的生活都幸福快樂，坦白說，這故事超級無聊；反過來說，如果故事一開始你的境遇很糟，後來還越來越艱難，這樣才是精彩的故事。

你是否擔心自己的故事不夠有趣？其實大可不必。你自己覺得有趣的故事，通常別人也會覺得有趣，因為人們自然而然會有共鳴。所以若是你告訴觀眾你為何對這件事有興趣，就能引起他們的興趣。

假如你不知道如何將情節曲線套用在故事裡，該怎麼辦？沒關係。帶著你的點子，坐下來，然後耐心地開始做分析，不論是用筆寫下來或是用說的都可以。

我必須承認，我也有許多次是在寫作過程中才發現故事的真正意義。請先從你想要講述的事件或你想要剖析的時刻開始下手。也許剛開始你還不確定為何潛意識會如此受到這個點子吸引，但在創作的過程中，你最終會發現其意義所在。

■ 賦予故事戲劇性

現在你選好了提示，要開始動手創作了。首先，決定你的故事是要用寫的，還是要用說的。我比較喜歡寫在紙上，好避開討厭的拼字檢查打斷我的思緒。如果你選擇用說的，那麼請務必錄下來，好讓你可以回頭聆聽，再次微調你要說的內容。

不論是用哪一種方式，都設定一個30分鐘的計時器。將你的門鎖好、電話關靜音，告訴小孩這段時間先去煩別人。在計時開始之後，除了寫或說故事之外，完全不要做別的事。使用你剛剛選好的提示，從故事開頭一直持續進行到結尾。不要在意錯字、結結巴巴或不斷出現的「嗯、啊」。不要查看你的簡訊、電子郵件或臉書。你要把你的精神完全專注在你的故事上，直到鬧鈴響起為止。

就算在過程中你的點子用完了，或對自己說：「我不想做了，這很蠢，30分鐘什麼時候才到？」── 都請繼續下去。若你在鬧鐘響起後還想繼續做，那麼就繼續。有很多人在30分鐘結束後都還想繼續。

只要記住：創作故事不是編輯故事（我將於稍後說明「編輯」的部分），現在，你只需要把故事創作出來就好。

定下四個30分鐘的時間來創作故事，並專心創作出開頭、中段與結尾。你可能需要更多的時間或不需要那麼多時間，所以請依你的需求自行調整時間。目標是要完成一份草稿──所以先不要編輯你已完成的部分，只要專心創作出一個完整的故事就好。

要提醒一下，使用越精確的字越好。多使用感官性的文字以喚起嗅覺、視覺、味覺、聽覺和觸覺。舉個例子，你可以說：「我在家裡」，但如果你這麼說會更好：「我在那位於芝加哥，總是充滿霉味的地下一樓公寓裡」。

當你說：「我在家裡」的時候，聽眾很難想像出一個確切的場景。也許在他們的想像裡會是一棟住宅、一座公寓或是一棟在森林裡的鄉村小屋。做為說故事的人，一旦話說出口，你就無法控制觀眾會如何詮釋你的話。你給的線索越少，他們就越難以想像出你想要他們看見的那座公寓。

然而，若你說的是：「我在那位於芝加哥，總是充滿霉味的地下一樓公寓裡」，觀眾不僅會完全瞭解你居住的環境，還會知道環境中的氣味，更可能推理出你的經濟情況不好、你不滿意自己現在的情況、還有你的房東對此不理不睬。就算你的聽眾從未去過芝加哥、從沒住過充滿霉味的地下室，他們也能夠理解你所說的內容。

**你提供的特定細節越多，
你就越能觸及人們的內心。**

你提供的特定細節越少，人們就越難想像出你要告訴他們的情境。「普遍性」要透過「特定性」才能成功實現（雖然這兩個字彙聽起來完全相反）。你形容得越具體、越有個性，觀眾才會對你的特定回憶、生活和故事的親近感越深。

■ 真實故事 vs 刻意捏造

你所說的故事，都會被觀眾假設為「真實發生過」的事；也就是說，身為一位說故事的人，所要做的是「儘可能貼近事

實」。雖然我們的記憶容易出錯，但當我們說謊時，自己一定會記得。如果你記得那一天是晴天，但你覺得把那一天說成是雨天的故事效果比較好，那你就錯了。當你知道那天是晴天卻硬說是雨天時，這就是說謊。說出你「記得」的情況，而不是你「希望」的情況。

請記住，故事對你而言必須是百分之百真實的。如果另外有人對你重述的事件有意見，沒關係。我們對生活中的事件都各自有主觀看法，我們都有權對一件事擁有自己的解釋。不過，若是你說一個人有參與事件，但事實上他卻沒有參與的話，那麼這就成了謊言。記住，請不要說謊。

◆ 關於故事中「真實事件」的五個提示

1. 如果你不記得詳細內容而只記得大概的話，就老實說。

說「我正在看電視」太普通，所以想改為「我正穿著我藍色的長袍，看著《魔法奇兵》第一季」。後者雖然聽起來比較特別，但你並不確定真實狀況是否如此。那麼你可以這麼說：「我穿著我藍色的長袍，那時可能正看著《魔法奇兵》第一季。」這樣就行了。

2. 必要時先做一點研究。

如果你不記得某人是否在場，或事件發生的順序，隨時查看自己的照片、日記或詢問其他在場的人以釐清這點。

3. 就對話來說，無法百分之百真實是可以接受的，畢竟在人們發言時，我們不會錄下來。

在故事中，所有對話都會被假定是作者創造出來的。只要確定你沒有將某人沒說過的話當成說過就可以了。

4. 幽默源自於誇大，但請針對自己的情緒和反應而非特定事件。

如果表現得好的話，敲到腳趾頭可以變得像摔下樓梯一樣有趣，藉由模仿或誇大來創造笑料。

5. 不要說謊。

如果你懷疑自己沒說真話，那麼你就是在說謊。請盡力闡述你記憶中的真實部分，因為觀眾十分聰明，他們可以分辨出你故事中不太對勁的地方。

　　在看完提示之後，請遵照自己的直覺並選出一個你最想講的故事，然後花時間利用個人經歷和可信度高的細節，好好打造出自己的故事。

將你的故事改頭換面

　　如同我們前面討論過的一樣，同樣的故事可以用許多不同的方式來敘述。請選擇你過去說過的一則簡單故事，以列在第59頁的四位觀眾為目標進行改寫，使用90秒的時間來說這個故事。針對不同的觀眾，你會對故事目標做出什麼改變？而目標改變之後的故事，出現了什麼樣的變化？

故事範例：半夜在高速公路上，你的車子爆胎了

觀眾	目標	要包含的細節
老闆	展現出你即時處理問題的能力。	當你知道附近無法提供道路救援時，你如何解決問題。
好友	自嘲，表現出你有點受傷。	你在知道胎壓過低的情況下仍決定要開車出門，因為你真的想要去聽那場音樂會。
約會對象	顯示你的能力。	你在半夜三點的高速公路路肩努力學會如何換輪胎。
小孩	告誡孩子平時就要為此情況做好準備。	在半夜自己一個人處在這種情況下是多麼可怕，還有你堅持定期保養車子的原因。

你的故事：＿＿＿＿＿＿＿＿＿＿＿＿＿＿＿＿＿＿＿＿＿＿

觀眾	目標	要包含的細節
老闆		
好友		
約會對象		
小孩		

為故事加入細節

☐ 回到第52頁的「10個故事提示」，設定一個30分鐘的鬧鐘，選定一個提示後開始創作。

☐ 在30分鐘後，閱讀並聆聽你所完成的創作。

☐ 想想如何在故事中加入更詳實的細節。你要如何讓觀眾更瞭解你所在的環境？這個環境的味道如何、這個沙發的紋理感覺如何？

☐ 在本週的行事曆裡排定兩個以上的30分鐘創作時間。設定好日期和時間，並告訴其他人這個計畫，好讓有人可以監督你繼續創作故事。

☐ 在每個創作時間段中，選擇一個新的提示或舊的提示，繼續創作另一個故事。在創作時，請以從頭到尾完成一則故事為目標。

圈粉法則 **4**

找出你
獨一無二的觀點

身為說故事的人,你不僅要想辦法讓觀眾
把心思放在你身上,而且必須很快地抓住
他們的注意力。

Make Your Point

■ 少就是美

你已經創作出自己的故事，非常好！在故事創作的初期階段，你必須忽略內心的批評，好讓故事有一個初始的樣貌。這個階段完成的作品稱之為初稿，這是因為它現在還像是被黑碳包裹的鑽石一樣。接下來你所要做的，就是將黑碳外殼剝去、打磨，直到只剩下閃閃發亮的鑽石為止。

當人們在舞台上演說時，通常都會有時間限制，我在美國所創辦的「故事俱樂部（Story Club）」，限制上台的時間為8分鐘，舞台前方設置了一個演說者才看得到的倒數計時器。8分鐘是很短暫的，有些演說者在時間快結束時會開始結巴。雖然被計時器打斷演說是一件很殘忍的事，但我還是堅持使用計時器，如果不這麼做，會發生更糟的事——演說者會滔滔不絕，無法結束自己的故事。

事實上，你需要將故事精簡到只剩下必要的內容，觀眾才不會分心或放空。我時常開玩笑地說，演說有一點像綁架，觀眾就像是被你脅持的人質，大部分的人在無聊時都不能起身走動，不過你卻不能阻止他們放空。

你需要將故事精簡到只剩下必要的內容，
觀眾才不會分心。

身為說故事的人，最重要的工作是確定觀眾有在聽你說話，而最能夠達成此目標的方法，是確定你故事中的每一段內

容都是必要的。請為你的故事減去所有的脂肪，只留下精實的肌肉。

你要如何判斷哪些內容是必要的，而哪些部分是需要刪減的？以下為五個策略：

1. 將你的故事分解，放到情節曲線圖形中。

有任何無法放入曲線中的部分嗎？刪掉那些內容吧。

2. 小心檢查故事開頭。

當人們第一次開始創作故事時，他們通常會不自覺使用過於冗長的鋪陳。例如，他們可能會以他們的高中生活、他們最好的朋友和他們午餐時吃的三明治當作開場，來說一場難忘的游泳聚會，最後才好不容易繞回主題。我自己就屬於這種類型的人，初稿不到第三頁不會進入故事主題，開頭幾章通常都在說一些不相關的事，但這些內容對最後的故事來說，卻不一定是必要的內容。因此，請隨時問自己：「你確定你開頭要說這件事嗎？」

3. 果決刪去會讓觀眾分心的部分。

你覺得提到關於表弟的那部分內容會很好笑，但那是你與朋友之間的笑話，別人根本聽不懂，你知道你得割捨掉這部分，但你很不情願這麼做？別傻了，請立刻刪掉。

4. 練習、練習、再練習。

如果你想要立刻進入練習階段，可以直接跳到《圈粉法則

9：多練習、多觀察、多發想》，並對著人大聲朗誦出你的故事，藉由他人的反應來幫助自己瞭解有什麼需要修改的地方。

5. 結尾要簡明扼要。

在《圈粉法則5：打造意想不到的好結局》中，會談到有關創造精彩結局的複雜性，但在這裡先略過不談。結局必須是簡明扼要的，這個階段不應該再出現新的情節。所有在結尾裡的資訊，都應該在前面的內容中曾經提及。

抓住他們的注意力

身為說故事的人，你不僅要想辦法讓觀眾把心思放在你身上，而且必須很快地抓住他們的注意力。思考一下以下這段文字：「天色昏暗，空氣中隱隱發著光。我正飄浮著，卻也正在往下墜落。每件事都模糊不清，我想我可能正在飛，也有可能身在地底下。文字在移動，我可以感受到它們正在我身旁翻滾而過。」

上述內容中發生了什麼？主角有哪些？他們在哪裡？如果你不知道答案的話，我們也是。

那個故事來自一場夢境，你不知道發生了什麼事，是因為講述這段話的人自己也不知道。聽了這段故事，你感到摸不著頭緒，對嗎？事實上，無法具體告知別人發生了什麼事，是說

故事時一種很糟糕的開頭方式。如果你的觀眾一開始就感到一片茫然，他們就再也不會繼續關心這個故事。

　　想要立即抓住聽眾的注意力，你必須刪除那些多餘的內容，回到故事最重要的部分；不僅如此，還要賦予那些內容閃閃發亮、更加清楚的細節才行。所謂的「細節」，是將聽眾拉進你世界的關鍵。

　　如果你去奶奶家，坐在她那有著藍色塑膠外皮的沙發上，人們就可以對她客廳裡的其他部分產生印象。他們可以想像出餐桌上擺著放了幾顆糖果的水晶盤，一支從未點過、落滿灰塵的蠟燭，以及一本六個月前發行的過期雜誌。他們可以預見上述場景，是因為你所描述的細節，把我們從自己的世界拉進你的世界。

最棒的細節是獨一無二，
而且充滿驚喜的。

　　你所描述的細節，越獨特越好。或許你仍會擔心你正在說的內容無法抓住某些人的注意力，例如當你說「在電話響起時，你正在讀《鏡週刊》的某個八卦報導」，我可以跟你保證，這種程度的描述，已足夠讓聽眾覺得他們正與你身處在同一個房間裡。最棒的細節是獨一無二的，而且要讓人有想像的空間。

　　以下是五個能讓觀眾身歷其境的「圖像化」手法：

1. 使用五感。

視覺、聽覺、味覺、觸覺和嗅覺都是讓觀眾進入你故事的入口。當你描述一個物品時，請善用以上這幾種感官上的描述，幫助聽眾進入情境。如果你說到食物，就要讓我們知道它嚐起來的味道如何。使用味覺和嗅覺來讓我們胃口大開吧！

2. 當你介紹一位角色時，給我們一些可以更認識他的細節。

當我將我的朋友馬克引入故事時，我會說「每當他進到一個房間裡，那裡的氣氛都會變得活潑起來。他永遠充滿活力，大家的眼光總是不由自主地受他吸引。」

3. 舉例說明你的感受。

說：「我很緊張」很普通，但若說：「我的手指無法控制地顫抖著，我的嘴巴不論喝進多少水，都還是覺得很渴。」那麼你就充分展現出自己緊張時的樣貌。

4. 有點荒唐也沒關係。

有些真實發生過的事情，對你而言可能平凡無奇，對其他人來說可能十分新奇。我曾經公開發表過一個故事，故事中我的保姆因為在百貨公司踩中熱狗餡料而摔斷了腿，當我分享這個細節時，觀眾竟然哄堂大笑。對我來說，這只不過是一個單純的事實，但對他們來說，卻是某人以可笑的方式弄傷了自己。

5. 越小越好。

物品越小，我們就越可以用它來觀看你所創造的整個世界。有句話說：「以小見大」，這句話十分正確。只要讓我看到沙發，我就能看到他們的客廳；只要給我看到你口袋裡的東西，我就能夠大概描述出你這個人。

雖然細節十分重要，但請不要忘記，故事的推動引擎仍在於情節。細節可以將我們拉入情境之中，但是情節才能讓我們繼續逗留在那裡。當你在描述故事中的物品或人物時，請記住，你只要留下一個令人印象深刻的「圖像」即可。

**「細節」可以將我們拉入情境之中，
但是「情節」才能讓我們繼續逗留在那裡。**

■ 不要用老梗

在寫作課裡，學生通常會被警告不要用太多「老梗」。究竟什麼是老梗呢？老梗就是被用爛的圖像或者是一句話，這讓它在故事裡一點效果也沒有。諷刺的是，其實在老梗被人用爛之前，其實它能產生很好的效果，但是在長時間被過度使用下，卻讓這種效果變得十分微弱。

究竟什麼是「老梗」呢？老梗是：

✓你第一個想到的東西。

✓你能簡單說出口的東西。

✓無法反映出你的內心或觀點之事物。

✓好故事的敵人。

如果你在故事中用了一個老梗，則應該將其割捨並加以替換，替換的東西可以是你自己的內心想法、細節或是你獨特的觀點。記住，每用一個老梗，都代表了你失去一次將你的世界展現在我們面前的機會。

以下我列出了一些說話時的老梗，然後在它旁邊是一些具有相同意義，但聽起來相對有吸引力的「新鮮用法」。

老梗用語	新鮮用法
人生只有一次。	我當然怕死了，但我更害怕不做會死。
黎明前的那一刻總是最黑暗的，但我們終將迎向光明。	身處深淵時你不會有任何感覺，直到真正脫離的那一刻，你才會深刻體會到自由。
一言以蔽之，我們就是迷路了。	當你開始猜想自己是否迷路的時候，其實你已經迷路很久了。
這美好到不像是真的。	好像如果我認為這是真的，在下一秒它就會消失一樣。

接下來，我們來探討「情節老梗」。情節老梗與說話時的老梗不同，它並非在故事中以言語表現出來，而是出現在故事情節當中。情節老梗是已經被使用過幾百次的故事情節，通常會出現在故事的開頭與中段。以下列出一些情節老梗及其替代

方案。

情節老梗	替代方案
某人知道的不多。	他知道他應該做些什麼,但最終卻做出了錯誤的選擇。
我的好朋友是個迷人的異類。	我的好友個性古怪,但其實他也是個平凡人。
得不到回報的愛。	具有私心的愛,會讓你的生活變得一團亂。
父母的不當教養,導致孩子做出脫序的行為。	孩子堅持要自行闖蕩,因此做出錯誤的行為。

　　最後是「結尾老梗」。結尾老梗代表你的故事結尾不但一目瞭然,而且每個人都看過這樣的結局。男女主角後來過著幸福快樂的日子嗎?那個壞人得到懲罰了嗎?人是男管家殺的嗎?以下列出一些故事中的經典結尾老梗以及相對有吸引力的用法。

結尾老梗	新鮮用法
「就在這時,我瞭解到……。」	「我那時就應該意識到,但是我沒有。」
大家都笑了(搭配罐頭笑聲)。	每件事都解決了,但你仍舊不怎麼確定。
然後,一切都徹底改變了。	然後,一切就改變了,但隔天卻讓人有奇怪的熟悉感。

說故事的潛規則

你如何確認自己說到了你想要表達的重點？英國哲學家保羅‧格萊斯（H. P. Grice）建立了四個溝通準則，是非常好的說話指南：

1. **數量（Quantity）**：儘可能提供資訊而且要給出必要的資訊，但不要過多。
2. **質量（Quality）**：要真實，不要給出假資訊或沒有證據的言論。
3. **關係（Relation）**：資訊要彼此相關，而且說的事情要貼近討論中的事情。
4. **表現手法（Manner）**：要清楚、簡明扼要而且有條理，避免模糊不清。

如同你所見，這幾個有效溝通的準則，與如何說出一個好故事的方法完美契合。你要提供資訊，但不能太嘮叨；你要說出實話；你要提供有助於瞭解這個故事的細節；你要清楚、直接，並且有意義。

人們聽你說話時，並不會根據格萊斯的準則來評斷你的故事好壞，但是如果你可以將以上這四個準則放在心中，那麼你的故事就能達到很好的效果。

Try it !
如何去蕪存菁

　　現在輪到你成為編輯了。當你閱讀下列故事時，請將你覺得可以刪除的句子標注出來，同時也請你注意是否有可以加入其他細節的部分。

　　在半夜兩點的時候，我聽到他在哭泣。我戴了兩個耳塞，一耳一個。在枕套裡還放了另外三個耳塞。其中有個橘色塑膠的三層耳塞最能阻擋我丈夫的鼾聲。還有螢光黃色和粉紅色，看起來很像火箭。如果它們掉在地上，我的貓就會放在嘴巴裡嚼，或用貓掌拍打它們。我必須把耳塞捲緊，然後深深地推入耳朵裡，好讓它可以完全塞入耳道中，阻隔所有遠距離的聲音——雖然阻絕鼾聲效果沒這麼好，但是對於鄰居在附近巷道喝酒嬉鬧的聲音，隔絕的效果很不錯，他們這樣的行為，讓我很想立法禁止啤酒，還有我想睡時的那些笑聲和嬉鬧聲。另外還有一種是很平凡的膚色耳塞，這是在屈臣氏裡唯一可以買到的一種，它也必須先捲緊然後塞進耳朵裡好伸展開來。我很迷信，我必須確定那個橘色塑膠耳塞是塞在左耳裡，否則寶寶就會更早醒過來。我知道這聽起來很愚蠢，但我實在沒辦法再試新的耳塞了。我本來以為在我生小孩之後我就沒辦法再戴耳塞，但那是在我生小孩前的想法，我想的很多事情到最

後都證明不會變成真的，像是：我生產後就會回到職場、我不會打無痛分娩或我不會使用配方奶粉。我本來以為我會因為需要聽到寶寶的動靜而放棄使用耳塞，因為那時我不知道，聽到寶寶的聲音不是問題，沒聽到寶寶的動靜才是問題——即使戴上耳塞，我也隨時都能聽到他的聲音。我聽到他在床上動來動去，我聽到他在嘆氣，我聽到他在搖籃中扭動，我聽到他開始想要哭泣，我聽到他突然大哭，反正我總是、總是、總是、總是聽到他在哭。我不是用耳朵聽到他哭，而是他一哭我就胃痛、子宮收縮。我的內在深處聽到他在哭，完全無法用耳塞擋掉那哭聲。他哭泣的聲音會讓我從深度睡眠中被喚醒，就算我用了兩個耳塞也沒用。我一聽到，就會立刻醒過來，甚至在我不知自己身在何處時，我的手就會開始伸出去尋找他。他不在我們的床上，但我卻開始用雙手拍打床單，到處找他的頭在哪裡。然後我就完全清醒過來了，我發現他不在床上，他在另一個房間的嬰兒床裡，而我必須起床去他那裡，給他現在唯一會使用的一種語言：眼淚，哭泣和顫抖的抽泣聲所要來的食物。

Practice

把話說到重點上

☐ 從頭開始刪減你的故事。拿出你已經創作完成的一個故事，然後將它精簡成500字的文章或2分鐘的演説。思考一下，在這麼短的時間與有限的篇幅裡，你會留下什麼內容？

☐ 再把一些內容加回去，使故事變成1200字或6分鐘的演説。你加回了什麼內容？

☐ 發展細節。瀏覽整個故事，找到某一個你可以增加非凡、令人著迷細節的重點。

☐ 將你的故事整個讀過或聽過一遍，找找你是否用了老梗。你要如何用更有趣的內容來取代這些老梗？

☐ 查看第70頁的「格萊斯準則」，使用它來評估你的故事。你的故事是否符合這四項準則呢？

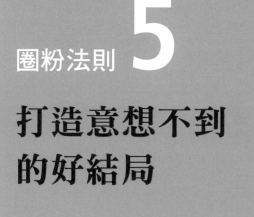

圈粉法則 **5**

打造意想不到
的好結局

結局是你留給觀眾的最後印象，是觀眾在
闔上書、離開表演、結束會議或社交聚會
之後，會存在於心中的感受。

WOW THEM IN THE END

📖 強而有力的結尾

我討厭結局。在我攻讀創意寫作的碩士學位時，我曾經跟我的指導教授爭論，我想要直接捨去無聊的故事結局，因為「總結以上」是一個不必要的部分。我為什麼不能單純說到一個段落後停下來，直接表達「這個故事結束了」？

我的既有（錯誤）印象是，當所有故事情節跑完之後，故事就應該要結束，而作者的任務也就完成了。我的教授很清楚地告訴我，這時作者的任務尚未完成，因為故事中的問題才剛解決而已。

「結局」並不是「解決方案」，而是一種解答。解決方案是行動，而解答是你對該行動的感受。如果你說的故事內容是有關一段很糟糕的愛情，「解決方案」就是分手，而「解答」是你對分手的感受。你感覺你被拋棄了？你感到沮喪？你覺得充滿希望？還是以上皆是？

結局不是故事停下來的地方，
而是故事代表的意義。

在你完成所有說故事的必須步驟後，結局就是讓故事有意義的地方，而這也是你留給觀眾的最後印象。是他們在闔上書、離開表演、結束會議或社交聚會之後，會存在於心中的感受。就算是最令人驚豔的故事，如果結局不清楚或莫名其妙，

就會令人感到混亂。

不論你說故事的目標是什麼，不論是娛樂、知識性或是要說服他人，故事的結局應該要確保你可以達成上述目標。

■ 四種精彩的結局類型

當然，目標是要用強力、考慮周詳的方式來結束故事。下面列舉一些你可以利用的結局類型。

❶ 出乎意料的：完全顛覆之前的內容或是令人印象深刻的笑點，用出乎意料的方式來獲得觀眾的注意力。

❷ 前後呼應的：雖然讓人有點錯愕卻又與先前提到的內容相呼應，有意義地緊扣同一個主題。

❸ 快轉的：適時地將劇情快轉，可以為我們剛剛聽到的故事帶來驚喜。

❹ 迴圈式的：藉由在故事過程所尋找到的生命意義或人生智慧，回到故事一開頭的地方。

我曾經在台上說過一個我把房子燒掉的故事。我用不同的方式、不同的長度為不同的觀眾和不同的結局說過同一個故事。以下我會帶你看過整個故事，然後示範如何藉由套用不同類型的結局，讓故事整體的意義產生改變。

那是五月的一個星期天早晨，我醒來時感覺一切十分美好。這種美好的感覺只有在你經歷過一場糟糕的分手、

喝了過多的威士忌、看著《玩咖日記》並在半夜三點打電話給自己的姐姐說著：「求妳阻止我發簡訊給他，我想要發簡訊給他，請別讓我這麼做……」這麼頹廢地窩在公寓裡九個月後，才能感受得到。我在與交往並同居多年的前男友分手後，人生中第一次獨自在外生活。我很害怕一個人的感覺，也很害怕我因為一段失敗的愛情而一蹶不振。還跟前男友在一起的時候，前男友和他的家人很照顧我，在我的汽車拋錨或家中有東西壞掉的時候幫我修理。他不在乎我想做什麼，但總是對我做的每一個決定搖頭嘆氣，每當我想要修什麼的時候，他總是對我大吼：「妳在幹嘛？」

現在我失戀了，自己一個人住，我決定在這個活力十足的春天早晨，用一個單身女性能用的方式來打掃我的公寓——一支懶人拖把。我的掃把已經在分手時留在前任家裡了，而我因為某個痛徹心扉的理由無法再買另外一把。在打掃的時候，為了證明我是一個獨立自主的女性，我決定自己修理家裡出問題的地方。像是我那九百塊台幣買的水壺不知何時掉到瓦斯爐後面去了，我想把它撿回來。當時我正打掃到一半，所以我緊抓著爐子，用力把它從牆邊拉開。我取回了水壺，然後把爐子推回原處，我覺得自己十分強壯又有技巧，肯定可以度過這個難關。

就在這時，我好像聞到了瓦斯味，然後瓦斯爐的火苗引燃了瓦斯，我的公寓突然之間就起火了。我害怕極了，

馬上撥打119，然後消防員迅速趕來把火撲滅。在他們離開之後，我坐在那殘破不堪的公寓中。瓦斯爐已經穿過牆的這一面，被去到了房間的另一頭。冰箱也倒在它旁邊，門是開著的，裡面的東西灑得到處都是。消防員必須在石灰牆上砸出一個洞來滅火，所以現在空間飄散著灰塵。在牆上有條煙燻成的黑線，滿地都是水，整個空間也充滿了可怕的味道。我坐在被水浸溼的沙發上，看著地上的髒水慢慢沾濕我的褲子。我不知道接下來該做什麼，我剛才覺得自己好一些了，變成一個堅強又獨立的女人，而現在卻感到自己是個笨蛋，不知道瓦斯線是什麼，而且還差點把整棟樓都給毀了。

　　你可以依據時間架構、觀眾和你的目標來選擇結局類型。你應該要考慮的有：你想要觀眾留下什麼樣的感受？當他們之後想到你的故事時，你想要他們記住哪個部分？如果你的目標是「創作出有趣的故事」，那麼「意想不到的結局」類型就很適合；但如果你想要「打動人心」，那麼「迴圈式的結局」可以喚起擁有類似經歷之人的同理心。

　　在下一頁，我們將實驗同一個故事的不同結局，看看你故事的目標是否有所改變？

目標	觀眾/長度	結局類型	結局
顯示分手的痛苦,但至少比繼續悲慘地愛下去要好。	公司內部演講/5分鐘故事	意想不到的	所以我想,我前男友擔心我修東西的能力是對的,但對於其他事情我卻無法認同。
表現雖然有時我們會做出錯誤的決定,但我們必須學會接受它,繼續向前邁進。	站著聽的觀眾/5分鐘故事	前後呼應的	我看著眼前這一團亂,不知道下一步該怎麼做,我甚至連掃把都沒有!所以我冷靜下來,出門去買了一把。
表現出一位理想伴侶會接受你的缺點。	說故事表演/7分鐘故事	快轉的	我那時不知道這段時間其實不長,當時我以為這種感覺會跟著我一輩子。但是兩年後我卻住在新公寓裡,跟一位總是鼓勵我嘗試新事物、家中永遠會準備好滅火器的男人在一起了。
表現出在最糟糕的環境下,我們也能展現出不一樣的風貌。	說故事表演/10分鐘故事	迴圈式的	但,那天早上,當我覺得一切順利時,這並不是幻覺。未來我還會有更多像那天一樣的早晨,在燒毀的廚房裡醒來,打開音樂,在鏡子前面跳舞。因為最糟糕的時刻已經過去了。愛情已逝去,但陽光仍舊照亮了整個房子,我再次感受到快樂,所以,我跳起舞來。

當然還有其他不在我們討論範圍內的結局類型,但以上這四個結局,已經可以讓觀眾在瞭解你目標的情況下,讓故事有

一個令人深刻的結尾。

■ 為你的結局鋪設伏筆

　　無論你選擇的結局是哪一種，該結局的伏筆必須在故事稍早的情節中出現。例如，你想要展現出祖母那把空盪盪的搖椅，好在故事結尾時獲得共鳴——要達到這個效果，你就必須在故事結束前至少提過一次那把椅子。

　　大部分在故事中提及的資訊，都應該是為了鋪陳結局所應該要提供的資訊。如果你回頭看第77頁的故事初稿，仔細分析一下，你會發現我在故事中加入了四種結局中的必要重點：意想不到結局中的「悲慘關係」、前後呼應結局中的「掃把」、快轉結局中「對前男友的抱怨」，以及迴圈式結局中「擔心自己無法再次擁有幸福」。

　　當你知道自己要使用哪種結局時，你就可以對故事進行反向工程，以確保結局能達成你所想要的目標。就像你在學校學到的起承轉合式經典文章一樣，在結局裡不要包含新資訊，而是要呼應或再次強調之前提過的事情，否則只會令觀眾感到突兀而已。

不論你說故事的目標是什麼，
像是娛樂、知識性或要說服他人，
故事的結局都要確保你可以達成上述目標。

以下是根據四種結局類型所應該要強調的故事重點，在故事的前段或中段，我加入了以下必要資訊：

結局類型	結局	需要先在故事中加入的資訊，好帶出結局的效果
意想不到的	所以我想，我前男友擔心我修東西的能力是對的，但對於其他事情我卻無法認同。	我的前男友告訴我，我沒辦法修好東西。
前後呼應的	我看著眼前這一團亂，不知道下一步該怎麼做，我甚至連掃把都沒有！所以我冷靜下來，出門去買了一把。	為什麼我那時沒有掃把可用。
快轉的	我那時不知道這段時間其實不長，當時我以為這種感覺會跟著我一輩子。但是兩年後我卻住在新公寓裡，跟一位總是鼓勵我嘗試新事物、家中永遠會準備好滅火器的男人在一起了。	我在分手後害怕孤獨終老，以及我前男友對我嘗試新事物的反應。
迴圈式的	但，那天早上，當我覺得一切順利時，這並不是幻覺。未來我還會有更多像那天一樣的早晨，在燒毀的廚房裡醒來，打開音樂，在鏡子前面跳舞。因為最糟糕的時刻已經過去了。愛情已逝去，但陽光仍舊照亮了整個房子，我再次感受到快樂，所以，我跳起舞來。	我對一個人住感到害怕，以及我如何確定快樂已經離我遠去。

Try it !

經典故事的結局類型

　　以下列出幾部經典電影，請你根據本章提到的內容，分析每個故事的結局類型以及其理由，解答請見下一頁。

❶《獅子王》

❷《星際大戰》

❸《羅密歐與茱麗葉》

❹《北非諜影》

❺《我的女孩》

解答:

❶《獅子王》

迴圈式的結局。年輕的辛巴從小就夢想成為獅子王,最後成為萬獸之王,並在榮耀石上將自己的兒子高高舉起。

❷《星際大戰》

快轉的結局。死星爆炸,路克降落在莉亞公主頒獎給路克、韓蘇洛和丘巴卡,以獎勵其勇敢的典禮上。

❸《羅密歐與茱麗葉》

迴圈式的結局。劇情一開始就預告了這對戀人註定會死亡,所以這對年輕情侶之死屬於迴圈式的結局。

❹《北非諜影》

意想不到的結局。當瑞克・布萊恩在離開摩洛哥時對貪婪的警長路易・雷諾說:「路易,我想這是一段美麗友誼的開始」的時候。

❺《小鬼初戀》

前後呼應的結局。湯瑪斯的母親把心情戒指歸還給維達,但維達不小心弄丟了這枚戒指,而湯瑪斯在幫她尋找這枚戒指時意外身亡。

Practice

解析故事結局

☐ 從你最近看過的電影之中，回想一下這幾部電影的結局是什麼？

☐ 這些電影應用了四種結局中的哪一種？

☐ 電影如何鋪設結局？為了讓結局合理化，在先前的對白中包含了哪些重要資訊？

☐ 選擇一個你之前創作過的故事，然後寫下四種不同的結局，使用這每種結局各寫出一個故事：

　　❶ 意想不到的
　　❷ 前後呼應的
　　❸ 快轉的
　　❹ 迴圈式的

你的觀點、你的聲音和你的經歷都十分寶
貴。這世界沒有其他人能夠替代你,沒有其
他人可以說出你這個版本的故事。這個世界
想要聽你說,你必須靠自己把自己的故事說
出來。

Part 2
Tell Your Story

好故事這樣講，
效果才會不同凡響

圈粉法則 **6**

先感動人心，
才能引發共鳴

不論表演得有多好，都無法拯救一個爛故事，但一個由經驗不足的表演者說出的好故事，卻能引起觀眾的共鳴。

ANYONE CAN DO THIS

■ 沒有人是天生的表演者

在本書的第一部分，我們提到幫助你創作好故事的五個法則，現在是時候開始學習如何將你的故事大聲說給觀眾聽了。請記住，這裡所謂的「觀眾」，是指任何一位聽故事的人。可能是在舞台下聽故事的一群人，可能是面試或宣傳商品時你所面對的一個人，也可能是在聚會時的親朋好友。

當你看到有人可以在一群人面前滔滔不絕地說話，而且說得邏輯分明，你的第一個想法也許會認為他們天生就有好口才。雖然有些人真的是天生的表演者，但我想要打破這個觀念——並不是只有天生的表演者才能把故事說好。事實上，不論一個表演者表現得有多好，都無法拯救一個爛故事；但如果一個故事夠精彩，即使是由一個經驗不足的表演者來呈現，仍舊能引起觀眾的共鳴。

> 不論表演得有多好，
> 都無法拯救一個爛故事，
> 但一個由經驗不足的表演者說出的好故事，
> 卻能引起觀眾的共鳴。

MEMO

最動人的故事

目前為止我所聽過最感動的故事，是出自在克里夫蘭故事俱樂部，上台演說的一位女性。她來看表演時並沒有打算

要上台,她帶著三個月大的嬰兒出門,來幫當晚預定要表演的朋友加油。那一晚,想要在自由上台時間演說的人不多,因此我告訴台下觀眾如果有任何人想上台的話,我們還有時間可以開放即興演說。

於是,那名女性帶著她睡著的寶寶上台,在沒有任何準備的情況下開始了她的演說。她說,她的母親患有飲食障礙,而她因為自己是個職業舞者而過度追求身材纖細,也在飲食上出現了問題。她努力在她的大女兒面前隱藏這個病症,而女兒卻已經產生厭食的徵兆——她害怕吃東西,被卡路里控制住自己的人生。然後她談到了正在她懷中睡著的寶寶,她是如何害怕這個寶寶註定會如同她家族的每位女性一樣,未來將會經歷對食物同樣的痛苦和煩惱。

在她故事說到一半時,懷裡的小寶寶突然醒了,這位母親把她放在大腿上繼續說故事。她用溫柔堅定的聲音,將她厭食的故事娓娓道來。她本來不打算說這麼多,卻在這一刻的勇敢和真實之下一口氣說了出來。當她走下台坐回自己的座位時,聽眾仍在抹著眼淚。

你可能不會帶三個月大的嬰兒上台演說,也許你沒有溫柔的嗓音,更不會在你說話的時候把寶寶緊緊抱在懷裡,而這位女性卻這麼做了。她的故事被觀眾票選為當晚最棒的故事。這是因為,她話語間的真實所傳遞出的情感,比其他華麗炫目的演說都還要真摯動人。

---

³ 編按:克里夫蘭故事俱樂部(Story Club Cleveland)是作者在美國創辦的即興演說工作坊,一次節目會有三個表演者輪流上台,每個人發表一段8分鐘的演說,最後由觀眾票選出他們最喜歡的故事。目前在全美五個城市有故事俱樂部的據點。

■ 十個可以建立自信的簡單方法

如果你一想到要上台就緊張到不行的話，放心，每個人都一樣。站上舞台、面對台下的觀眾，就算觀眾只有一位，都是件讓人感到恐懼的事。你會不由自主地想著：「他們要是不喜歡我說的話怎麼辦？」

老實說，即使我已經有多年上台演說的經驗了，每次上台前我還是會緊張。請你要明白，緊張是在所難免的事，如果每個人都要等到完全不緊張才能上台的話，那麼就不會有人可以上台了！

有許多表演新手認為，自信心是在表演之前就已經存在的，然而這是一個大錯特錯的想法。表演的自信是「由外而內」建立起來的，也許你現在還無法體會，所以你必須「假裝有自信」，但當你試著表現出你很有自信的樣子，觀眾就會相信你是個有自信的人，而當你「假裝」久了，在未來的某一天，你會突然發現自己上台前真的充滿自信。

以下列出十個可以建立自信的方法：

❶ 瞭解上台恐懼症是動物本能，並且有其必要性。

上台恐懼症（stage fright）是一種力量，每次上台都需要擁有這個力量。因為如果你不害怕，代表你不在乎；如果你不在乎，你的表演就不會有張力；而一旦你的表演失去張力，這絕對不會是一場好看的表演。

❷ 將緊張轉為興奮。

　　緊張和興奮是相同的身體感受，只是貼著不同的標籤。當你緊張時，你的心臟會開始強力跳動、手心會開始冒汗、頭腦會變得一片空白；而當你興奮時，你的心臟也會開始強力跳動、手心也會開始冒汗、頭腦也會變得一片空白。當你想要說故事而感到緊張時，請試著轉換情緒，將「緊張」變成「興奮」，告訴自己：「要上台說故事了，我好興奮啊！」

❸ 觀眾是與你站在同一陣線的伙伴。

　　回想一下：當你身為一名觀眾，看著台上不太精彩的表演，你那時有什麼感受？很焦慮，對吧？你在座位上扭來扭去，希望表演者能趕快化解台上的問題，讓你不要繼續尷尬地看著他驚慌失措。因此請你理解，台下的觀眾是跟你站在同一陣線的伙伴，他們也都希望你有一個精彩的表演，因為他們不想要感到尷尬。只要你能聰明處理出錯的地方，他們幾乎什麼都能原諒。

❹ 不要一直擔心會搞砸。

　　事實上，你不會真的搞砸什麼，因為除了你自己，沒有人知道你接下來要說什麼。你正在說你創造出來的故事，所以沒人在乎你是不是說漏了一個字或跳過了什麼段落，就算你真的犯了一個錯，只要繼續講下去，觀眾甚至不會知道你剛剛做錯了什麼（除非你老實跟他們說）。不要說：「啊，我剛剛說錯了！」或「不對！」或「我要回頭重新說……」。只要做你該做的事，然後繼續往下說，大部分的情況下，他們都不會發現

有什麼不對勁的地方。

❺ 觀察其他人的表演並從中學習。

那些優秀的講者在舞台上是如何表現的？是什麼讓他們看起來如此放鬆？我能夠斬釘截鐵地告訴你，那些你在Netflix上面看到的出色脫口秀演員，他們心裡早就緊張死了。請你好好研究他們：他們為什麼看起來如此鎮定？他們做了哪些事是你值得模仿的？

❻ 模擬現場場地的設備。

事先瞭解演說的場地有哪些設備，預先使用一樣的配置加以練習。如果有麥克風的話，那麼你要先習慣聲音從麥克風出來的感覺；如果現場有講台，那麼你在練習時就要先有個地方可以讓你放講稿。

❼ 注意你的手勢。

如果你必須讀講稿，請將講稿放進資料夾裡或用夾子固定好，你就可以空出雙手來比手勢了。不要將手放在口袋裡，也不要拉扯衣服、摸頭髮或是摳眼屎。在你演說的時候，讓你的手像平常一樣自由擺動。如果你不確定手該怎麼擺，那麼放在身體兩側就可以。

❽ 保持姿勢。

在你站上講話的「舞台」時，包括要進行面試的辦公室，都要選定好一個姿勢，然後保持下去。不要隨意擺動身體，也不要到處走來走去。如果你要移動的話，請做有意義的動作。

完全靜止不動地站著也許會讓人覺得有點奇怪，不過這卻是讓觀眾減少分心的最佳姿勢。

❾不要擔心觀眾是否喜歡你的故事。

你無法控制聽眾對你的訊息會產生什麼反應，但你可以決定他們是否有接收到你的訊息。所以，只要你將訊息確實傳遞出去，代表你的目標已達成。當你用平易近人的方式講述你的真實故事時，你已經做得很好了。在許多說故事的場合中，你可能永遠不會知道觀眾喜不喜歡你的故事，所以擔心這一點對你一點幫助也沒有，你只要專注於你所要傳遞的訊息就好。

❿記住，除了你以外，沒有人能把你的故事講給別人聽。

你的觀點、你的聲音和你的經歷都十分寶貴。這世界沒有其他人能夠替代你，沒有其他人可以說出你這個版本的故事。這個世界想要聽你說，你必須靠自己把自己的故事說出來！

**緊張是在所難免的事，
如果每個人都要等到完全不緊張才能上台的話，
那麼就不會有人可以上台了！**

📱 那些不自覺的小動作

許多表演新手都有些他們不自覺的「小動作」，這是人們在人群面前會不自覺表現出的緊張反應。有些人會在舞台上走來走去；有些人雖然站在定點，但身體卻一直晃動，晃到觀眾的頭都暈了；有些人的頭髮已經很整齊了，卻不斷地把頭髮塞耳後；有些人會拉耳朵、一直眨眼睛或舔嘴唇。我自己站在台上也會有不自覺的小動作，那就是用右手緊緊捉著左手的手指不放。

有位老師指出我有這個小動作，而我一開始的時候完全不相信他的話，直到我在一場演說時，途中發現我正緊抓著自己的中指不放。在我發現自己有這個不經意的小動作之後，我開始刻意用手做其他事情，來幫助自己慢慢消除這個奇怪的習慣。現在我會讓手完全放鬆放在身體兩側，或是用它們來做一些手勢。

在人群前練習演說十分重要，如此一來你才能發現自己是否有「小動作」。一旦找到它之後，你可以一項項排除，將小動作減到最少，好讓觀眾可以將注意力放在你正在說的故事上。只要你表現出有自信的樣子，觀眾就會感覺你充滿自信。

Try it !

站起來大聲說

　　找到一些願意當觀眾的人，然後在他們面前說故事。不過請不要說你自己的故事，而是朗誦一篇雜誌上的文章或是一本書的其中一個章節。請你的觀眾坐在座位上，站在觀眾的面前大聲讀書。

　　注意當你說話的時候，觀察你身體的感覺，你的手是否在顫抖？你是否會不由自主地亂晃？是否會在房間裡走來走去？在你完成朗讀之後，詢問觀眾對你的表演有什麼看法，以及你可以如何表現出更有自信的樣子。

讓你上台更有自信

☐ 將你的故事說給非人類的生物聽，例如一株盆栽，或是家裡
的寵物。

☐ 請一位朋友或是家人當觀眾，將你的故事說給他們聽，並請
他們給你一些意見。

☐ 在一些人面前說故事，並且將過程錄影下來。自己重複播放
觀看，你是否有不自覺地做出一些小動作？

☐ 你的緊張會表現在什麼地方？你可以採取什麼步驟來消除這
份緊張，好讓自己在表演時更有自信？

圈粉法則 **7**

弱點就是力量

當你誠實以對，打開自己的內心並對某人
展示你的生命時，你可能會變得軟弱，因
為你正冒著被別人批評的風險。

VULNERABILITY IS POWER

🔲 脆弱的力量

感到脆弱是件令人害怕的事。我們身體有一種自我保護的機制，在感到脆弱時會主動關上心門，此時我們不太想要與人分享，也不想要說出完整的事實。

然而，想要說出一個好故事，「誠實」是必要條件之一，因此你必須展現出你的脆弱；觀眾看得出來你是否在捏造故事，如果你不夠誠實，他們就無法信任你。

觀眾需要看到真實的你、有著缺點的你，如此他們才能與你產生情感上的連結。因為每個人都有缺點，每個人都有脆弱的一面。

你必須要誠實，
而誠實需要展示出你的弱點。

在說你的故事時，雖然不需要揭露你曾有過最黑暗的想法，但你一定得揭露出某些東西。所謂的誠實，是把你的內心攤開來展現在他人面前，當你打開自己的心，並對某人無私展現你的生命時，你可能會變得軟弱，因為你正冒著被別人批評的風險。

在我生下第一個小孩之後，我暫時放下了說故事這項工作。幾個月後，我受邀到芝加哥一個以母親為主題的節目上說故事，我的故事內容包含新生兒階段的寶寶有多麼難以照顧，

以及身為一個新手媽媽所經歷的那些無助時刻。當我娓娓道來這些育兒經歷的時候，事實上我很擔心會傷害到我的寶寶。

我是個經驗豐富的演說家，但我卻很怕大聲說出這個故事。觀眾有幾百個人，而我正計劃告訴他們我是個多糟糕的媽媽。我覺得自己正在做一件蠢事。

我坐在後台，緊張地等待輪到我上台的時刻，然後我登台了，告訴整個房間的陌生人有關那個不睡覺、令人討厭的嬰兒；還有他不停哭泣，我甚至有過把他的頭按入水中好讓他安靜下來的念頭。台下的觀眾聽到這段，竟然……笑了。他們居然笑了！因為太過震驚，我中間還停了一下。他們剛才笑了嗎？我分享我至今為止人生最糟糕的時刻──我最筋疲力竭、毫無理性並可怕的故事時，他們，竟然，笑了？

在那之後，我在不同的場合說過幾次同樣的故事，每次我說到這個地方的時候，大家都會笑，所以我可以確定這並非偶然。我想這是因為在觀眾中也有人當過新手爸媽，他們都認出了那個時刻中的自己。他們因為我的誠實而笑，他們因為理解我的處境而笑。

要展現出弱點就是要暴露自己，也就是要把自己剖開、放在大家眼前。當你展現出真實的自我時，你就允許其他人觀看你真實的樣子，允許他們瞭解完整、真實的你。他們並非在社交媒體上透過濾鏡認識你，他們看到的是一個擁有複雜情緒和所有建構出你這個人的完整個體。

當你很脆弱時，你就允許其他人瞭解並且欣賞你。你可以希望觀眾喜歡你所說的，但無法控制他們會對你的真實表現做出何種反應。你所能做的只是讓他們「瞭解」，並讓他們「看見」真正的你。

要有足夠的感染力

　　在**圈粉法則2**中，我們提到了情節曲線以及如何在故事中建立張力。把你當下需要解決的問題明確呈現出來，的確是情節曲線的關鍵，但是分享你為什麼如此在乎要「解決」那個問題，也是非常重要的一點。

　　你是否曾經歷過這樣的時刻──當你對某件事（也許是人、工作或社會議題等）注入極大的熱情時，你的眼中只看得到那件事，你幾乎忘了世界上還有其他事物的存在。你忘了去在意你的髮型好不好看，或是牙縫裡有沒有食物殘渣。

　　當你站在台上說話時，也要有這樣的感覺。當下最重要的事就是你，你站在那裡，告訴別人為什麼這件特別的事對你意義重大。那段時間似乎過得飛快，而且也讓人感覺在不斷墜落。其中充滿著熱情，但也充滿著風險。要成為一位說故事高手，你必須願意去承擔這樣的風險。

　　如果你想要贏得觀眾的心，那就把你的缺點給他們看。這聽起來有點怪，畢竟說故事本身是單方面的傳遞──你跟觀眾分享你個人的經驗，但他們卻不會與你分享他們的經驗。無論

如何，只要你記住，當你承認自身的失敗時，就能在你與觀眾之間建立聯繫。透過在他們面前展示出你不完美的一面，來讓他們看見你最真實的樣子。

當然，觀眾可能並不欣賞這樣的你，但只要你堅持展現真實，你就已經完成要告訴他們「你為何在乎」的任務，而且很有可能他們也因此會變得在乎，你就成功感染了聽眾。

我在無數場表演中見證到上述現象。觀眾邊跟朋友聊天邊走進來，然後尋找座位並買些飲料，這時場地還算安靜，但在表演過後，卻因為許多人都在說話而變得鬧烘烘的。聽那些站在台上的人分享生命中脆弱的經歷，會以一種最真實且赤裸的方式，讓陌生人之間產生羈絆。

事實上，科學也支持這種現象。神經科學家保羅‧扎克（Paul J. Zak）博士發表了一篇學術論文，研究「故事」對我們的影響。他的研究顯示，當有人分享一個具有特殊意義的好故事時，聽故事之人的催產素（Oxytocin）分泌會增加。

催產素是我們墜入愛河或父母抱著新生兒時，大腦所釋出的一種化學物質，這種物質與人類的親密關係具有關聯性。如果將其應用到說故事上，催產素可以讓觀眾感覺與說故事的人更親近。札克博士將一個實驗記錄在一份研究論文中。論文裡，他讓多位受試者先後觀看兩部影片，其中一部影片，一個男孩和他的爸爸在動物園裡，男孩的頭光禿禿的，但沒有提到他沒有頭髮的原因；另一部影片中，那位父親描述了他正在照

顧癌症末期的孩子，生活上面臨了許多困難。

札克博士在觀眾觀看每支影片前後測量催產素。他發現觀眾在觀看那部父親描述照顧癌末孩子的那部影片後，血中的催產素都有明顯增加。

在創作故事時，允許自己在故事中表現出某種程度的脆弱，讓你的故事能對觀眾的情緒造成影響。

要展現出弱點，
就要暴露出自己的內心，
也就是要把自己攤開，
放在大家眼前。

Try it！

打開你的內心

　　說故事之前，仔細思考以下這五個問題，這些問題可以幫助你深入思考你的故事，以及找出你如何有技巧地展現出一些弱點。

1. 你為什麼想要說這則故事？
2. 對於這則故事，你有什麼感到困擾的地方？
3. 如果回到事情發生的那一刻，你希望當時可以說出口的話是什麼？
4. 如果這件事在今天發生，你會有什麼不同的處理方式？
5. 你想要人們從這則故事中學到什麼？

展現個人特質

☐ 想想某件你熱愛的事，例如：一個理想或目標、喜歡的活動或是對人生的想法。你為什麼對這件事有這麼強烈的感覺？你想要其他人對這則故事有何瞭解？

☐ 回到你正在創作的某個故事。將它讀過一遍，然後加入一個新句子。以「我真正想說的是……」開頭，完成上述句子。

☐ 想想你故事的開頭。你要如何展現出你對這件事有多在乎？

☐ 拿一枝螢光筆，重讀一遍你的故事，然後劃出任何你覺得語氣較弱的地方並思考其原因。是擔心這些句子會被觀眾批評嗎？強迫自己假裝在不會被批評的情況下，將這些句子大聲說出來。

圈粉法則 8

瞭解你的觀眾想聽什麼

說出好故事的關鍵之一，是要仔細思考你的觀眾是誰，並依照這些人量身訂做一個故事，好達成你的目標。

RESPECT YOUR AUDIENCE

你說故事的對象是誰？

說出好故事的關鍵之一，是要仔細思考「你的觀眾是誰」，並根據觀眾的特性加以調整。一個適合在小房間裡一邊喝紅酒、一邊聽的故事，絕對不適用在面試、跟客戶提案或說給你那些超保守的親戚聽。

所以你要從何處下手？首先，你需要瞭解聽故事的人是誰，並依照這些人的特性量身訂做一個故事，好達成你的目標。大部分的準備工作都可以事先完成，但有些事情，你必須在台上隨機應變。

以下是可以幫助你事先瞭解觀眾的五件事：

❶ 背景

他們的年齡比你大還是比你小？這些人之間是否有利益關係？例如：你是在對你的雇主或是對你的客戶說話？你的身分是老闆還是員工？你說話的對象以及你們之間的關係，都會影響你說故事的方式。根據不同的場合改變說話的風格，觀眾才會感覺舒服。舉例來說，在商務場合上，你不應該使用太過口語的詞彙，也儘量不要使用時下流行語；但如果是與心儀的人第一次約會，就適合用比較輕鬆的方式說話。

❷ 環境

你身處於一個什麼樣的環境？一個安靜的會議室裡？一個吵鬧的餐廳裡？還是聚光燈打在你身上的舞台上？或者你正在

一個大型宴會廳的後方，想要試著讓幾百人不再交談、專心聽你說話？你所身處的環境將決定你要使用多大的聲音說話、是否需要再放大音量。觀眾需要聽見你的聲音，而且如果他們要很努力才能聽清楚你在說什麼，他們就會不開心。如果你不需要蓋過其他聲音來獲得觀眾的注意力，那麼你就不需要放大音量；但假如你需要蓋過背景噪音的話，說話的聲音太小，很可能會毀掉你的故事。

❸ 期望

你的觀眾期待你說什麼內容？如果你是台下觀眾的話，你會有什麼期望？你希望聽到什麼？你不希望聽到什麼？當我上台說話時，我最害怕的事情是冷場；第二害怕的是有人說出令人不舒服的話，因為這會讓現場每個人都變得很尷尬。

❹ 成見

所謂的成見，是我們第一眼看到一個不認識的人時自動產生的判斷。當你的觀眾見到你時，他們立刻會根據你的外表和行為推論你是個什麼樣的人。我知道有些表演者總是穿著連帽上衣和運動鞋上台，好降低觀眾對他們的成見，如此一來，他們就可以輕鬆跳出那些固有的框架。但是，我在上台時偏愛穿正式服裝，我認為這是一種象徵，代表我是一個需要被觀眾嚴肅看待的人。

❺ 其他講者

假如你是在專業會議上演講或在某個節目中表演，這代表

你不是該場合唯一一個說故事的人。請記住，其他講者也會對觀眾造成影響，因此你可能需要調整說話方式與內容。例如，今天如果你是對一個忙碌的主管做簡報，當天他可能已經聽了好幾個簡報了。有機會的話，多觀察其他說故事的人是怎麼做的。若上一位講者說的是一個悲傷的故事，那你最好說一個比較輕鬆的；反之，假設上一位講者說了一個嬉鬧的故事，你就不該再繼續說一個有趣的故事。想想看，今天如果你是某節目的最後一位講者，試著想像那些聽了一整天演說的聽眾有多累，你就能夠與他們建立起融洽的關係。

一旦你對聽眾規模和現場環境有某個程度上的認識，就能掌握如何吸引聽眾注意力的訣竅。重點是：你是否能夠在短時間內全面地瞭解他們。下面舉出五個你需要問自己的問題，好讓你能夠快速解讀現場觀眾的情緒。

1. 他們到這裡之前去了哪裡？

你的老闆是否已經開了好幾個會議？你的約會對象在跟你小酌之前，是否已經辛苦工作了一整天？你需要對聽眾的情緒和身體狀態有基本了解。

2. 現在是一天當中的什麼時刻？

通常人們在一天與一週當中較早的時候會比較清醒，而且對新想法會比較有回應。

3. 他們做什麼樣的打扮？

衣著是代表人們思想的重要窗口。有一次我在搖滾俱樂部

的地下室表演，我很驚訝坐在第一排的人居然幾乎都穿著西裝等正式服裝。後來我得知有一位表演者的父母邀請了親朋好友來看女兒表演，他們來是為了給她一個驚喜，但不知道她會在搖滾俱樂部表演，以為會是一個非常正式的場合。他們的穿著立刻讓我意識到他們可能會對所處的環境感到不自在，所以我當天利用了這件事，將他們帶入我的故事中。

4. 他們接下來要去哪裡？

事先瞭解你的觀眾有多少時間，是不是急著去下一個地點。如果台下的觀眾一直看錶，那麼他們很可能趕時間，也許你需要調整一下內容，在更短的時間內說完故事。

5. 他們想要從你這裡得到什麼？

如果你是觀眾，那麼你想要什麼？他們想要藉由哈哈大笑來紓解壓力？你是否提供了他們所需要的資訊？或是他們只是想要趕快結束，趕你出辦公室好讓他們可以吃午餐？請你設身處地為他們著想，在你的演說中加入那些觀眾想要的東西。表演是雙向的，這些提示可以幫助你改造你的演說，提供觀眾想要的內容。

認識你的觀眾

在你下一次前往人群聚集的場合時，花一些時間訓練一下你的觀察力。注意一下團體裡的組成分子，使用以下的提示來幫助你認識觀眾。

❶ 他們的音量有多大？

» 他們很吵或是很安靜？如果他們很吵，你就必須大聲一點來吸引他們的注意力。不要害羞，用有禮貌但大聲的聲音說話。告訴他們故事要開始了，要他們注意你這邊。但如果他們很安靜，那麼他們會需要你多花一點力氣把氣氛帶動起來。我自己的方法是利用幽默感來破冰，只要現場出現笑聲，就能夠安撫全部的觀眾，讓他們感覺放鬆。

❷ 他們的背景是？

» 他們的年紀是大是小？是年齡差距很大的團體嗎？他們的穿著打扮如何？

❸ 現在有哪些事情正在發生？

» 現在是一年當中的什麼時刻？人們正期待節日即將到來，還是學生們因為快要放暑假而感到興奮期待？在我的經驗裡，要是下大雨，觀眾的笑聲就會比外頭放晴時要來得少。當天是否有什麼讓觀眾心神不寧的大新聞？要對季節、溫度和觀眾的心情做一些基本瞭解，甚至可以把剛發生的新聞時事加

入你的故事中。

❹ 你對這個房間有什麼感覺？

　　» 房間裡是否太冷或太熱？人們餓了還是正在用餐？如果是你
　　坐在那裡等待節目開始，你會有什麼樣的感覺？

■ 善於變化，要邊說邊「演」

　　我在主持我創立的「故事俱樂部」時，最困難的一部分就
是開場。當觀眾抵達並開始找座位的時候，他們會彼此聊天，
而我必須打斷他們才能開場。這讓人感到很彆扭，卻是一定要
進行的步驟，唯有這樣才能開始你有趣的故事。

　　你無法期待觀眾「主動」給你注意力，大部分的時候，你
必須自己去「搶奪」觀眾的注意力。如果我要求他們注意我，
我必須立即給出什麼誘因來抓住他們的注意力。我用全部的精
力在他們面前表演，我微笑、我揮手、我滿場飛，盡全力投
入。我表現出自信，而且我不會道歉。

　　在你獲得觀眾的注意力之後，你需要讓他們跟你站在同一
陣線。你知道為什麼有很多人會用一個笑話來當作演說的開場
嗎？因為讓觀眾笑，是可以達到上述目標的方法之一。你希望
觀眾渴望從你口中聽到更多故事。

　　為了讓觀眾跟你站在同一陣線，你必須在他們面前表現出
以下三個特點：

✓ 自信

✓ 明確

✓ 有創意

當你要求觀眾注意你時，你一定要「有自信」。

我不斷地提醒學生，要透過他們的「身體語言」以及「立即進入故事主題」來表現自信。什麼是「身體語言」？當你抬頭挺胸站在舞台上時，你的自信就會自然顯現，請試著安撫好你那顫抖的雙手和臉部的扭曲，盡力表現出鎮靜的樣子。

另一個可以表現自信的方法，是「立即進入主題」，不要加上無用又冗長的前言。很多人習慣以這些話做為故事開頭：「我說這個故事是因為，呃，我覺得人們使用高速公路的方式很有趣。還有汽車已經改變了我們與自然的關係。我是個演說新手，所以我希望你們能喜歡這個故事，但其實我也很緊張，所以現在我們就來進入主題吧！」

前言可以讓說故事的人消除一些緊張的情緒，通常還會說一些「抱歉佔用大家的時間來聽我說話」之類的話。但是，這類前言對故事本身沒有任何幫助，反而會讓觀眾感覺你沒什麼自信。所以，請跳過那些無病呻吟，直接進入主題吧！

「明確」表達出你的訊息，是快速吸引觀眾注意力的關鍵。當你跟觀眾表明你的說話重點，而你自己知道如何闡述這個重點的時候，就能夠讓他們感到安心，台下的觀眾也會更有興趣聆聽你說話。

以清楚明確的故事開場，可以引起觀眾的興趣，請務必讓觀眾知道故事發生的地點、你在故事中所扮演的角色。要清晰說明「發生了什麼事情」、在獲得你想要的東西時有什麼樣的「風險」，以及你面對什麼樣的「障礙」，做到以上這幾點，你就可以獲得所有觀眾的注意力了。

你想要他們渴望從你口中聽到更多故事。

最後一個可以抓住觀眾注意力的訣竅，就是要「有創意」。跟他們說你的內心話，讓他們知道你真正的樣子並與他們同樂。用你自己的話、用你獨一無二的方式來說故事。

因為人們想要驚喜，他們想要被逗樂，他們想要認為他們知道接下來會發生什麼事，然後想要因為所發生的事不同於自己的預期而感到驚訝。使用我們之前在**圈粉法則2**和**圈粉法則5**說過的元素：情節、固定模式和結尾，自行改變一下排列組合，就能達到你的目標。

用他們的語言說出你的話

如果你使用觀眾的說話風格來說故事，他們會更加信任你。對關係比較親近的觀眾說話時，可以加入一些他們也會使用的關鍵字或詞彙。例如，如果立法委員說：「外面雨真大啊」，你可以稍後在說故事時加入這句話，就能幫助你與他建立連結。同樣地，如果你是參加一個專業活動，你也可以用一

些他們常用的行話來與你的觀眾產生連結。

另一個小提醒，請不要成為在這個舞台上第一個使用髒話的人。如果在你之前沒有其他人說髒話，那麼你就該避免說髒話，因為你不知道是否會有人因為這句話而感到不悅。此外，要小心處理不同年代和不同文化的參考材料。舉例來說，如果你對一屋子的高中生提到《蒙提・派森 4》這個幾十年前的英國喜劇團體，他們只會感到一頭霧水。

你是否曾注意到，彼此認同的人通常都會使用相似的身體語言？下一次你與伴侶或好友進行深入交流時，花點時間注意一下你們的樣子，很有可能你會找到與你類似的地方。

當人們開始認同另一個人的時候，他們自然會開始模仿對方的姿勢。像是與老友相聚時，當你的朋友站著說話時，你就不太可能會跪坐在沙發上跟他交談。光是想像這個畫面，就會讓我覺得怪怪的。如果你正與某個人興高采烈地說話，而他們蹺著二郎腿，那麼很有可能你會在不自覺的情況下也蹺起二郎腿來。

那麼，你要如何利用這一點呢？

想要促進與聽眾之間的關係，當你注意到他們偏著頭或蹺

---

4 編按：Monty Python，英國六人喜劇團體，被譽為「喜劇界的披頭四」。他們所創作的英國電視喜劇片《蒙提・派森的飛行馬戲團》於1969年10月5日在BBC上公開播出。

著腿的時候，你就照著做，這樣有助於向他們表示「你很投入」，更能加深與他們之間已存在的連結。但是，不要像「請你跟我這樣做」這個遊戲一樣，刻意去複製他們的每一個小動作，這樣就會變得有點詭異了。這麼做的目的，是讓其他人感覺你們之間好像自然而然地產生共鳴。

MEMO

房間裡的大象

聽過「房間裡的大象（Elephant in the room）」嗎？這是一句英文諺語，意指房間裡明明有隻大象，大家卻假裝沒看到、刻意忽略牠的存在，後來引申為「眾人刻意逃避一個擺在大家眼前的明顯問題。」

身為一個說故事的人，正視「大象」可能正走進你說故事的房間是你的責任；這裡的大象，是指「確實存在卻被集體忽視的東西」。可能是風力太強的冷氣，把冷風呼呼地往你臉上吹，也有可能是不流通的悶熱空氣，讓汗水浸溼了你的襯衫等事實。不論當下發生了什麼事，只要可能被觀眾注意到，你就應該處理，不可以裝作沒看到。

　　我之前提過，如果你犯了錯，不需要特別承認或加以更正，只要自然而然地繼續往下說就可以了。這個方法對於觀眾不知道的錯誤（像是你跳過講稿中的一個字）是沒錯，但若是觀眾可以輕易察覺到的錯誤，例如汽車警報器突然響起，你必須立即處理，好讓觀眾可以好好聽你說話；如果你選擇忽視這些小意外，觀眾會開始分心，那麼你的故事或表演再精采也沒用。

　　這些意外包括：麥克風沒聲音了？不要假裝它有聲音、甚至繼續對著它講話。馬上放大你的音量，並要求現場負責音效的工作人員修好麥克風。

　　後排的人講話太大聲了？當你意識到這件事時，請不要裝作沒聽見，你可以禮貌地要求他們移駕到外面說話。

　　坐在你對面的約會對象每幾秒就要看一次手機？問他是不是要打電話，然後告訴他你可以等他講完電話。

　　請記住，你可以對於觀眾不知道的錯誤（例如少講了一個字）裝作若無其事，但如果是現場發生的意外，你一定要立即處理。

一開場就hold住全場

　　快速切入故事主題，可以讓觀眾認為你有自信、有能力且有創意。但是要說好故事的開頭，也與你說話的對象是誰有關。在下頁的表格中，我列出了12個故事主題（主題1～12）以及4種不同類型的觀眾（類型A～D）。請思考一下，對於不同的觀眾，你會使用什麼樣的開場白，才能抓住觀眾的注意力。我會寫下前兩個例子當作範例，供各位讀者參考，剩下的就是你的作業了。

RULES

1

2

3

4

5

6

7

8

9

10

觀眾類型 故事主題	類型A 客戶	類型B 同事
主題1 跟爸爸一起釣魚	有時候靜觀其變，可以幫助你找到最好的解決方案。	你們喜歡釣魚嗎？
主題2 車子被偷	那是教會我克服逆境的一刻。	你真該聽聽我昨晚發生了什麼事。
主題3 第一次搭飛機		
主題4 最糟糕的過年		
主題5 第一次分手		
主題6 第一天上學		
主題7 如何學鋼琴		
主題8 第一次在國外開車		
主題9 帶小孩去醫院		
主題10 坐雲霄飛車時吐了		
主題11 家裡電力中斷		
主題12 申請自己的夢想工作		

類型C 婚禮上的來賓	類型D 喜劇表演的觀眾
父親教會了我蟲餌的勇氣與愛。	釣魚就是一種跟蹤在魚後頭的犯罪行為，魚真應該把我們通通抓起來。
沙拉是我最好的朋友，她欠我一台新車。	我要大聲說：偷車賊真是太不要臉了！

抓住觀眾的注意力

☐ 想像一下你故事的理想觀眾是誰。他們應該要具備什麼樣的背景條件？

☐ 他們對你的故事有什麼期待？

☐ 想像一下你的理想觀眾正想要聽你說故事，但房間裡卻十分吵雜，你要怎麼解決？

☐ 想像一下台下正坐著一群你的理想觀眾，四周的環境沒有任何問題，但觀眾卻沒有專心聽你說話。你要如何表現出自信、能力和創意，好吸引他們的注意力？

圈粉法則 **9**

多練習、多觀察、多發想

練習本來就不是一件輕鬆的事，但如果你想要成為一位有實力的講者，就必須督促自己練習。

ALWAYS BE PRACTICING

📖 我們為什麼要練習

世界上沒有人天生就是說故事的高手，而你知道一般講者與說故事高手之間的差別是什麼嗎？

那就是「練習」。

不要誤會，有時即興說出的故事的確讓人驚豔。有的講者一開口就能說出真實、有趣和有意義的故事，但通常沒有經過練習所說出來的故事，多少會讓人覺得怪怪的。講者很可能會結巴、一直循環講著某件事，並且忘記講出重要的資訊。觀眾對台上的講者懷有高度期待，但可惜說出的故事難以理解，也完全無法讓人好好享受。

故事需要時間和努力的錘鍊，
才會變得更好。

如果你對上台表演感到緊張，這是很正常的事。如果你試著說服自己你不需要練習，好讓自己不必體驗那種緊張，這也很正常。練習本來就不是一件輕鬆的事，但如果你想要成為一位有實力的講者，就必須督促自己練習。

在我開辦的「故事俱樂部」裡，每一次的節目都包含專家講者和一般人的自由上台時間，後者由任何想要參與說故事的人報名參加。當自由上台時間的講者講得很好，觀眾的反應也很不錯的話，我就會邀請他們作為特別來賓再次參加節目。

當我剛開始這麼做的時候，我注意到一些奇怪的事情——那些在自由上台時間表現得很棒的講者，再度回來表演時，卻表現得沒有之前這麼好。我感到納悶，他們有更多的時間可以準備，而且他們也早就知道自己要上台演說，為什麼會變這樣？為什麼他們第一個故事說得這麼好，第二個卻不行了？

這就是因為，他們沒有好好練習。

我後來學到，如果要維持特別來賓的演講水準，我需要讓他們在上台前先傳草稿給我。我可以從他們的草稿中給他們一些建議，更重要的是，這能強迫他們練習。因為他們必須事先傳給我草稿，所以必須提前創作故事。他們的事前準備是先打一份逐字稿傳給我、讀過我的建議並依此重新修改，所以他們就必須練習。自從我訂下強制練習的規定之後，特別來賓的表演就沒有再出錯過。

練習也像是認知行為療法中的暴露療法 [5]。你越討厭練習在房間裡大聲說故事，卻硬逼自己練習越多次，你在說故事的時候，台下的聽眾就會感到越放鬆。如果你想要自信講出一個好故事，就必須付出努力。故事需要時間和努力的錘鍊才會變得更好。你需要創作並塑造故事，而最好的方法就是透過練習來完成。

---

[5] 編按：暴露療法（Exposure Therapy）是一種心理治療方法，藉由讓病人暴露在其所害怕的事物或情境中，透過反覆接觸這些事物或情境，使病人逐漸適應所害怕的事物。

需要更多動機來督促你練習嗎？反覆練習可以幫助你：

✓ 找出需要克服的弱點。

✓ 獲得自信，讓你知道接下來要說什麼。

✓ 挖掘出更多說故事的新面向。

✓ 修改結尾並更有深度地開發故事。

✓ 讓故事完全融入你的骨血。

我自己喜歡在車上練習，對我來說，在高速公路上一邊開車、一邊練習，比獨自在家練習讓我覺得更自在。我從故事的起頭開始，一直用自己的方式說到結尾。

在每一次的練習裡，我都會發現一些之前沒有注意到的細節。大聲朗讀故事是一種從其他角度體驗這個故事的方式，因為在此時，你不但是個說故事的人，也是個聽故事的人。

你第一次準備好要練習時，可能會覺得有點蠢。你也許會問自己：「我真的要開始在臥室裡自言自語嗎？」然而，當你開始練習時，你將會感到越來越自在。你不會再批判你自己，你會開始真正認真聽自己說故事，而且找到方法磨鍊自己的表演。當你練習時，你會變得更加自在，而這能增加你的自信。

如果你可以在臥室裡自信說出這個故事，那麼當你在觀眾面前講相同的故事時，就能回想起那種感覺。

你的車子和你的臥室只是兩個可以用來練習的地方。任何讓你覺得輕鬆、可以讓你度過那尷尬氣氛的地點，都是練習的

最佳場所。哪一個地方你可以大聲自言自語,而且不用擔心有人接近你?哪一個地方讓你可以認真練習去感受所有的情緒(焦慮、沮喪、得意)而不會被打擾?

　　找出這些地方、設定一個練習時間表,然後要求你的親友尊重你的練習時間。如果你與人同住,那麼讓他們不要打擾你,也不要問你為什麼一個人在地下室喋喋不休。然後去你排演的地方開始說一整個故事,或坐或站,選擇你覺得最舒服的姿勢就好。記得,要專注於說故事、專注於表演以及找出你還可以改進的地方。

　　有一個值得參考的準則,是你要為每「一分鐘」的演講練習「一小時」。這時間看起來似乎有點多,但是相信我,大部分的說故事高手,花費的時間絕對比這還要多更多。將這些時間投入練習中,我保證你在上台時,可以十分流暢自然地講述故事。如果你不練習,也許會說得「不錯」,但只有在認真地練習過後,你才能保證自己一定可以表現得「非常棒」。

▣ 如何有效練習

　　想要有效利用你的練習時間,請遵循以下指示:

· 假如你需要把整個故事記起來,不要一字一句地背誦整個故事,但請務必記住第一行、最後一行以及所有的重點情節。畢竟,你想要說的是一個發生在你身上的故事,而不是在背莎士比亞劇本。如果你逐字背誦故事的

話，當你突然忘記一個字，很可能就會無法接續下去；相反地，如果你記住了重點情節，那麼你就不會忘稿，因為你知道下一個情節是什麼。

- 如果你要將故事讀出聲音，可以使用不熟悉的字型把內容列印出來，這可以讓你用不同的眼光來讀這個故事。在紙上標記你想要以不同方式讀出來的地方，例如速度變快、變慢，或是改用悲傷的還是興奮的語氣等等。
- 為你的演說時間計時，或設定一個會在限定時間內響起的鬧鐘。
- 在你說故事的時候錄音，並播放出來聽一次。
- 根據記憶在一張紙上寫下你的故事，然後不要看這張紙，憑記憶再說一遍。
- 在一位朋友面前練習，並請他誠實地說出意見。
- 在你的故事基本定型之後，請用各種表現方式練習說說看。例如，哪裡可以把說話速度放慢下來或加快一點？還是暫停一下好加強效果？
- 你的故事中有對話嗎？如果有的話，試試以不同的聲音為不同的角色配音。
- 在鏡子前說故事。
- 說真的，塞車時是個練習演講的好時機。

**如果你不練習，也許你會說得不錯，
但只有在認真地練習過後，
你才能保證自己一定可以表現得很棒。**

　　如果你無法在每次說故事的時候有任何新發現，這表示你已經準備好可以上台表演了。當你還在修改中，你每說一次同樣的故事都會有一些新發現，像是：「我應該加上我朋友那時穿什麼這個細節！而且我要說那個有關我車子有多爛的笑話！」當你在練習後不再想要改變內容時，表示你的故事已經十分完整。

　　當你發現你的故事不需要修改，或是任何改變都已經是雞毛蒜皮的小事時，那麼就到此為止。再次確認你是否已經準備就緒，然後就可以上台了！

看影片學習他人經驗

　　脫口秀、單口喜劇已經在美國風行多年，因此你可以在YouTube上找到數千個說故事的影片。透過《The Moth》、《Snap Judgment Films》和《RISKshow》等頻道來找出品質極佳的英文故事，中文關鍵字則可搜尋「脫口秀」或「單口喜劇」。

　　選出一個故事、看完它，然後回答下列問題：

- 說故事的人怎麼開頭？
- 你會怎麼描述講者所表現出的能量？
- 這個故事看起來有經過多次事前排練嗎？為什麼有，或為什麼沒有？
- 講者在說故事時，是否偶爾會使用不同的表現方式，像是講慢一點或是講快一點？
- 講者在說故事時，是否曾經改變過身體姿勢？講者是否有使用身體任何部位或用雙手來強調內容？
- 說故事的人如何結尾？
- 這個故事有多長？如果講者用一小時來練習一分鐘的故事內容，那麼在表演前他需要花多少時間練習？

Practice

充實你的演說內容

☐ 拿出一個你目前正在寫的故事,然後建立一個練習時間表。
依據故事的時間長度,以「一分鐘故事練習一小時」的原則
來安排練習時間,然後開始執行。

☐ 你練習的每個小時都要將重心放在故事和表演的不同部分。
舉例來説,你可以練習將表演分成幾段,然後個別專注於開
頭、中段和結尾、背誦和表達方式,並確定故事達到你想要
的目標。

☐ 如果你要朗誦故事,請用書架或是樂譜架來放講稿。

☐ 設定不同的觀眾定位來加以練習。先假裝你正在為你公司裡
的客戶演説,然後假裝自己是在喜劇俱樂部裡表演。注意一
下你表現的方式會有什麼不同。

☐ 在人前練習幾次。在你第一次開始練習時,請朋友站在你面
前,然後在幾天後、接近練習結束的日子,再請同一位朋友
陪你練習一次。問問你朋友對於你故事的感想,以及你前後
兩次説故事的表現是否有所不同。

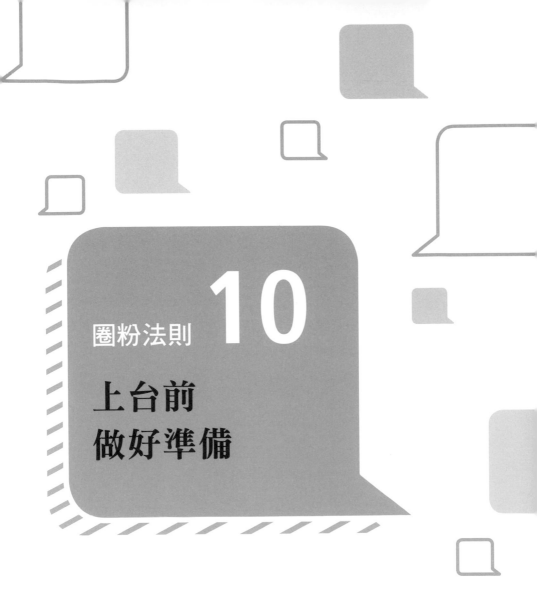

圈粉法則 **10**

上台前
做好準備

投入精力做好準備十分重要。將最後這一
哩路踏實地走完，讓你這個人和你的故
事，都散發出閃耀的光芒。

GET READY

■ 拿出最佳表現的十個祕訣

到了要上台的那一刻，你終於要面對一群陌生人講故事囉！也許你既冷靜又有自信、有耐心地等待你說故事的那天到來，覺得一切都很順利；也許你十分緊張，一想到要在別人面前大聲說故事就食不下嚥。不論是哪一種，你的工作都還不算完成。對於最後這一哩路，投入精力做好準備十分重要，將這段路踏實地走完，讓你這個人和你的故事，都散發出閃耀的光芒。

以下我列出你上台前要準備的事項。你不一定要照單全收，但建議你至少選擇三～四項，好因應你所要說故事的場合、觀眾以及說故事的需要。

以下是你第一次上台說故事前，可以幫助你做好準備的十個方法：

1. 在腦中記下你故事裡的所有關鍵點。

不需要背誦整個講稿，但要確定你記得第一句話、所有情節要點以及結尾的最後一句話。

2. 決定要穿什麼。

不要拖到出門前才匆匆拿件衣服套上。建議你事先試穿你打算上台時要穿的衣服，看看是否舒服，而且這件衣服最好讓你感到充滿自信。

3. 如果你計劃要朗誦故事，請準備好內容。

使用你覺得順眼的字型和適當的字體大小列印出你的講

稿。將講稿放進分頁檔案夾或三孔環裝活頁檔案夾中，方便你翻閱。

4. 給自己一些提示。

在講稿上標注你應該在這頁上瞄一眼的重點提示，但是不要一直看稿，你必須把大部分的時間看向你的觀眾。如果是朗誦的話，至少每頁要抬頭看向觀眾兩次。

5. 模擬說話時的動作。

想像一下自己正在說故事，思考你的手勢或動作會傳達出什麼。你的手會放在哪裡？你說話時會維持什麼樣的姿勢？

6. 想像觀眾的反應。

在你說故事的時候，想像一下你期待觀眾會有什麼樣的反應。想想他們看著你、微笑著，然後期待聽你說出下一句話的樣子。

7. 在腦中預習一下，當你說完故事時會有什麼感覺。

你有什麼感覺？如釋重負？想要再上台一次？還是想要馬上創作一個新故事？

8. 在即將上台前，在腦中快速瀏覽等一下會進行的步驟。

想像一下坐在椅子上或站在講台前，讓房間裡的人都注意到你，然後再開始說故事。在你開口的那一刻通常會是最緊張的時候，但先在腦海裡模擬一次實際狀況，可以幫助

你在上台時感覺更放鬆。

9. 做幾次深呼吸。

如果你在想像以上事情時會感到緊張，那麼請試著深呼吸。深吸一口氣然後數到4，憋氣、數到7，然後呼氣、數到8，重覆以上步驟5次。

10. 想想你緊張時的反應。

你緊張時會做什麼動作？你可以做些什麼來控制住？舉例來說，如果你習慣跺腳，那麼就用重物壓住你的腳然後練習幾次，好讓自己不再做出這個動作。

Try it !

永遠不要忘記你的目標

回頭想想圈粉法則1《找出自己說故事的目標》，甚至在對故事還沒有想法之前，就需要決定你說故事的目標。我要你記住那個目標，然後再一次檢視你的故事。在你這麼做之後，想想以下問題的答案是什麼：

1. 你的故事達成目標了嗎？
2. 你在故事中會明確陳述這個目標嗎？為什麼會，或為什麼不會？
3. 在你開始說故事時，你希望你的聽眾抱持怎樣的態度？
4. 在你結束說故事時，你希望你的聽眾抱持怎樣的態度？
5. 你如何確定你的故事結尾達成了目標？

改寫、檢討與調整故事

☐ 想想下一次你可以用什麼樣的方式再說一次這個故事。你是否可以稍微改寫故事內容,拿到不同的活動中使用?

☐ 思考一下,哪些人可以從你的故事中獲益?

☐ 問問你自己,分享這個故事是否讓你有所改變,不論是在生活上或是創作上都可以。

☐ 展望未來,接下來你想要創作什麼樣的故事?

附錄

十個說故事的陷阱

　　恭喜你！你已經學會如何用十個簡單法則說出一個圈粉無數的好故事。在你不斷練習的同時，還要避免以下十個說故事時的「陷阱」，請小心不要犯下這些錯誤：

陷阱	如何避免
陷阱一 讓好點子溜走	當你有靈感的時候，停下手邊正在做的任何事情，然後趕緊記下來！寫下來、用手機APP記錄或使用錄音功能，任何你用來記住故事靈感的方法都可以。
陷阱二 沒有花時間把故事寫下來	在有了靈感之後，就得著手完成。你必須給自己時間繼續創作並找出寫作方向。至少預留30分鐘好好發揮創意，讓自己寫出很棒的開頭。
陷阱三 反覆重寫初稿	你當然可以不斷修潤你的文章，但一切都得先從完成你的初稿開始。在你完成初稿之後，再花一些時間完整看過一遍。不用擔心故事是好是壞，而是先確立你的目標，然後看看這個故事是不是能達成那個目標。
陷阱四 沒有加入細節	你的聽眾不一定會認識你在故事中所提到的地點或人物。所以在故事進行時，你所介紹的每一個人物、每一個地方都必須有具體的細節描述。

陷阱五 太晚切入主題	儘早告訴你的聽眾你為什麼在乎這個故事,他們才會在乎、也才會認真聽你說。如果你太晚進入主題,也沒有分享你為何在乎這個故事的原因,那麼觀眾很可能會在你說到重點之前就已經失去興趣。
陷阱六 太快進入結尾	不要突然結束故事,你需要一點時間來反思整個故事。請確定你在結束故事前已經點出其中意義,以達成你所要的目標。
陷阱七 缺乏練習	你所做的練習越多,你說故事的品質就會越好。將故事記在心中,然後一次又一次地練習,讓這個故事變得更完美。
陷阱八 只說給自己聽	不要忘了請別人幫忙!將你的故事告訴朋友、要求家人聽你說一次並給你建議,或是把草稿寄給相關專業人士。讓其他人協助你打造出一個好故事,並且在你努力時為你加油。
陷阱九 完美主義	你的工作是把訊息傳遞出去,如果順利達成目標,代表你說了一個好故事;但如果你過於執著要說出一個「大家都喜歡的故事」,那麼你可能會讓自己陷入困境。沒有一個故事會令所有人百分之百滿意,就像世界上還是會有人討厭《獅子王》一樣。與其擔心故事會不會受歡迎,還不如好好思考你應該怎麼說故事。
陷阱十 被自我懷疑擊敗	你憑什麼說故事給別人聽?你是哪根蔥,還想要求別人來聽你說生活瑣事?這種負面思考是我們許多人都曾掉入的陷阱。你可以懷疑自己,但這不代表你得被自我懷疑擊敗。我們都明白在沒自信的同時又要努力嘗試十分困難,但這是每個說故事高手都必須做到的事。努力的過程中會自我懷疑很正常,但千萬不要讓這種感覺佔上風。

本書參考資料

書籍

- Vivian Gornick (2002). *The Situation and the Story: The Art of Personal Narrative* (Farrar, Straus and Giroux).
  這本書告訴你如何將一個真實事件發展成故事。
- Robert L. Root, Jr. and Michael Steinberg (2011). *The Fourth Genre: Contemporary Writers of/on Creative Nonfiction* (Pearson).
  集合幾位創意作家的巧思，傳授如何說出精彩故事的訣竅。
- David Ball (1983). *Backwards and Forwards: A Technical Manual for Reading Plays* (Southern Illinois University Press).
  明確告訴你如何設計故事情節，以及為什麼情節在故事中如此重要。
- Anne Lamott (1995). *Bird by Bird: Some Instructions on Writing and Life* (Anchor).
  一本關於你如何坐下來好好構思故事的權威指南。

引用文獻

- Potts, Chris. "Conversational Implicature: An Overview." Last modified April 2, 2012.
  網址：https://web.stanford.edu/class/linguist236/implicature/materials/ling236-handout-04-02-implicature.pdf

- White, R. "Adapting Grice's Maxims in the Teaching of Writing."*ELT Journal* 55, 1 (January 2001): 62–69.
  網址：https://doi.org/10.1093/elt/55.1.62
- Zak, Paul J. "Why Inspiring Stories Make Us React: The Neuroscienceof Narrative." *Cerebrum: The Dana Forum on Brain Science*. Last modifiedFebruary 2, 2015.
  網址：http://ncbi.nlm.nih.gov/pmc/articles/PMC4445577/

文章

- *Humanise the Brand*: "The Neuroscience: Why Your Brain Loves GoodStorytelling." 探討一個好故事如何影響你的大腦。
  網址：https://www.humanisethebrand.com/neuroscience-storytelling/
- "Why Inspiring Stories Make Us React: The Neuroscience of Narrative." A paper by Paul J. Zak, PhD.
  有關一個好故事如何激發催產素的研究結果。
  網址：https://www.ncbi.nlm.nih.gov/pmc/articles/PMC4445577/

英文播客（PODCASTS）

- RISK!：公開分享真實故事的平台。
- The Moth：精選自The Moth晚間現場演出的五分鐘故事。
- Radiolab：以科學知識為基礎的故事。
- Snap Judgment：人們如何在關鍵時刻做出抉擇的有趣故事。
- Shannon Cason's Homemade Stories：主持人Shannon Cason分

享在底特律的生活大小事。

現場演出

在美國各大城市可以欣賞現場演出的脫口秀或單口喜劇,你也能夠在網路上搜尋台灣各地的相關演出,甚至還可以嘗試報名看看!以下列出美國幾個大城市的表演場所供參考:

- The Moth:美國各大城市皆有據點,請查閱:www.themoth.org。
- RISK!:在紐約、洛杉磯有據點,也會不定期在美國各大城市巡迴演出。
- Story Club:波士頓、芝加哥、克里夫蘭、哥倫布、明尼阿波里斯以及土爾莎皆有據點。
- You're Being Ridiculous:芝加哥。
- Write Club:芝加哥、亞特蘭大與洛杉磯。
- Story District:華盛頓特區。
- The Stoop:芝加哥。
- Here, Chicago:芝加哥。
- Keep Talking:克里夫蘭。
- Carapace:亞特蘭大。

台灣廣廈 國際出版集團
Taiwan Mansion International Group

國家圖書館出版品預行編目（CIP）資料

圈粉百萬的故事法則：會說故事的人，先成功！美國演說女
王教你用十個簡單祕訣抓住聽眾/唐娜‧諾里斯著；楊雯祺翻
譯. -- 初版. -- 新北市：臺灣廣廈有聲圖書有限公司, 2021.09
　面；　公分

ISBN 978-986-130-501-1（平裝）

1.說故事 2.演說術

811.9　　　　　　　　　　　　　　　　008485

財經傳訊

圈粉百萬的故事法則
會說故事的人，先成功！美國演說女王教你用十個簡單祕訣抓住聽眾

作　　者／唐娜‧諾里斯	編輯中心編輯長／張秀環‧編輯／周宜珊
翻　　譯／楊雯祺	封面設計／張家綺‧內頁排版／菩薩蠻數位文化有限公司
	製版‧印刷‧裝訂／東豪‧紘億‧明和

行企研發中心總監／陳冠蒨　　媒體公關組／陳柔彣
　　　　　　　　　　　　　　綜合業務組／何欣穎

發　行　人／江媛珍
法律顧問／第一國際法律事務所 余淑杏律師‧北辰著作權事務所 蕭雄淋律師
出　　版／財經傳訊
發　　行／台灣廣廈有聲圖書有限公司
　　　　　地址：新北市235中和區中山路二段359巷7號2樓
　　　　　電話：（886）2-2225-5777‧傳真：（886）2-2225-8052

代理印務‧全球總經銷／知遠文化事業有限公司
　　　　　地址：新北市222深坑區北深路三段155巷25號5樓
　　　　　電話：（886）2-2664-8800‧傳真：（886）2-2664-8801
郵政劃撥／劃撥帳號：18836722
　　　　　劃撥戶名：知遠文化事業有限公司（※單次購書金額未滿1000元需另付郵資70元。）

■出版日期：2021年09月
ISBN：978-986-130-501-1

THE STORYTELLING CODE：10 SIMPLE RULES TO SHAPE AND TELL A BRILLIANT STORY by DANA NORRIS
Copyright：© 2020 by CALLISTO MEDIA INC.
This edition arranged with Rockridge Press, a Callisto Media Inc imprint through Big Apple Agency, Inc., Labuan, Malaysia.
Traditional Chinese edition copyright: 2021 Taiwan Mansion Publishing Co., Ltd. All rights reserved.